莫泊桑
中短篇
小说全集

CONTES ET
NOUVELLES DE
GUY DE MAUPASSANT

莫泊桑中短篇小说全集

CONTES ET NOUVELLES DE GUY DE MAUPASSANT

米斯蒂
Misti

人民文学出版社

[法]莫泊桑 ◆ 著　张英伦 ◆ 译

Guy de Maupassant
CONTES ET NOUVELLES DE GUY DE MAUPASSANT

图书在版编目（CIP）数据

米斯蒂／（法）莫泊桑著；张英伦译． -- 北京：人民文学出版社，2025． --（莫泊桑中短篇小说全集）．
ISBN 978-7-02-019052-2

Ⅰ．I565.44

中国国家版本馆 CIP 数据核字第 20244S2N03 号

吉·德·莫泊桑
Guy de Maupassant
1850—1893

译者摄于巴黎索邦大学的蒙田雕像旁

张英伦

作家、法国文学翻译家和研究学者、中国作家协会会员、旅法学者。

◆ 一九六二年北京大学西语系法国语言文学专业本科毕业。一九六五年中国社科院外国文学研究所研究生毕业。曾任中国社科院外国文学研究所研究生导师、外国文学函授中心校长、中国法国文学研究会常务副会长、法国国家科学研究中心研究员。

◆ 著作有《法国文学史》(合著)、《雨果传》、《大仲马传》、《莫泊桑传》、《敬隐渔传》等。译作有《茶花女》(剧本)、《梅塘夜话》、《莫泊桑中短篇小说选》、莫泊桑中短篇小说分类五卷集、《奥利沃山》等。主编有《外国名作家传》、《外国名作家大词典》、"外国中篇小说丛刊"等。

保尔·奥朗道尔夫插图本《米斯蒂》卷封面

Misti

Par Guy de Maupassant

Librairie Paul Ollendorff (1912)

Illustrations de Ricardo Florès

Gravées sur bois par Georges Lemoine

本书根据法国保尔·奥朗道尔夫出版社出版的
插图本莫泊桑全集《米斯蒂》卷（1912）翻译

插图画家：里卡尔多·弗洛莱斯
插图木刻家：乔治·勒姆瓦纳

译者致读者

吉·德·莫泊桑(1850—1893)是十九世纪法国文坛一颗闪耀着异彩的明星,他的《一生》《漂亮朋友》等均跻身世界长篇小说名著之林,而他的中短篇小说创作尤其成就卓著,影响广泛且深远,为他赢得"短篇小说之王"的美誉。

莫泊桑的中短篇小说深深植根于现实的土壤,题材广泛,以描摹他那个时代法国社会风俗为主体,人生百态尽在其中。对上流社会的辛辣批判和对社会底层的诚挚同情,是贯穿其中的令人瞩目的主线。他的慧眼独到的观察,妙笔生花的细节描写,在法国后期现实主义小说创作中出类拔萃,发扬法国文学的悠久传统,他的小说作品,无论挞伐、针砭、揶揄、怜悯,喜剧性手法是其突出的特色。

莫泊桑的中短篇小说,绝大部分首先发表于报刊,之后收入各种莫氏作品集。仅作家在世时自编的小说集就有十五种之多。

后世出版的莫泊桑作品集，影响最大的当推保尔·奥朗道尔夫出版社出版的《插图本莫泊桑全集》(1901—1912)。这套全集里的中短篇小说部分共十九卷，其中的十五卷篇目和目次均与莫氏自编本基本相同，即：《山鹬的故事》(1901)、《密斯哈丽特》(1901)、《菲菲小姐》(1902)、《伊薇特》(1902)、《于松太太的贞洁少男》(1902)、《泰利埃公馆》(1902)、《月光》(1903)、《图瓦》(1903)、《奥尔拉》(1903)、《小洛克》(1903)、《帕朗先生》(1903)、《左手》(1903)、《白天和黑夜的故事》(1903)、《无用的美貌》(1904)、《隆多利姐妹》(1904)；另有四卷为该出版社补编，即：《巴黎一市民的星期日》(1901)、《羊脂球》(1902)、《米隆老爹》(1904)、《米斯蒂》(1912)。这十九卷共收莫泊桑中短篇小说二百七十一篇。

我现在译的这部《莫泊桑中短篇小说全集》是以奥版《插图本莫泊桑全集》上述十九卷为蓝本，另将奥版未收的三十五篇作为补遗纳入十九卷中的九卷；迄今发现的三百零六篇莫氏中短篇小说尽在其中，并配以奥版的部分插图，可谓图文并茂。我谨将它奉献给我国无数莫泊桑作品的热情爱好者。

《米斯蒂》是全集中由保尔·奥朗道尔夫出版社自编的四卷之一，共收莫泊桑小说二十篇。从一八七五年的《剥皮刑犯的手》到一八八九年的《催眠椅》，创作时间几乎跨越莫泊桑的整个作家生涯，虽然都是他生前所编的小说集的遗漏之作，仍然是篇篇可圈可点。我译的这卷《米斯蒂》是奥版插图本的完整再现。

不知是故意还是偶然，从《剥皮刑犯的手》《米斯蒂》《恐惧》，到《犹大老爹》《"甘草露，甘草露，清凉的甘草露！"》《艾尔梅太太》，本卷中可列为奇异小说的作品占了相当的比重。尤其值得指出的是小说《恐惧》，它通过令人惊怵的实例，并通过作家的师辈好友屠格涅夫现身说法，阐明了无神论者莫泊桑对奇异小说的基本观念："人们只害怕自己不了解的东西。只有在恐惧中加上一点几个世纪来的迷信导致的惶恐，才能真的产生发自灵魂的可怕的紧张，或者叫恐惧。"

《一页未曾发表的历史》和《"奥尔拉"号旅行记》，内容虽有今昔之别，或都可列为纪实之作。无论是对未来乱世英雄拿破仑神奇历险往事的记述，还是对自身像凡尔纳科学幻想人物一样凌空遨游体验的描写,都妙笔生花,赋予它们满满的文学兴味。

如果说《一百万》针砭了婚姻和情爱的金钱化,再展莫泊桑社会风俗画家的特长,那么,《白与蓝》则显露出他对自然的热爱和描摹自然的出神入化的功力。

张英伦

二〇二二年五月三十日

目 录

米斯蒂	001
不足为奇的悲剧	015
伊俄卡斯忒先生	029
艾尔梅太太	039
白与蓝	055
催眠椅	067
拉莱中尉的婚事	089
一页未曾发表的历史	101
剥皮刑犯的手	119
"甘草露,甘草露,清凉的甘草露!"	133
我的妻子	143
亚历山大	159
犹大老爹	171
一百万	183
"奥尔拉"号旅行记	195

恐惧	219
爱抚	237
一个疯子吗？	249
坟墓	263
供圣水的人	273

米斯蒂

一个单身汉的回忆

* 本篇首次发表于一八八四年一月二十二日的《吉尔·布拉斯报》，作者署名"莫弗里涅斯"；一九一〇年首次收入路易·科纳尔出版社出版的莫泊桑全集《伊薇特》卷。

我那时有个情妇,是个很有风趣的小巧玲珑的女子。当然啰,她是有夫之妇,因为我对妓女从来都怀着无名的厌恶。的确,搞上一个有着既不属于任何人又属于所有人这双重短处的女人,有何乐趣可言?此外,说真的,即使把所有的道德信条撇在一边,我也无法理解爱情怎么可以作为谋生手段。这让我多少有点儿反感。这是个弱点,我知道,而且承认有这个弱点。

一个单身汉有个已婚女子做情妇,最美妙之处是,这个女人能给他一个家,一个温馨可爱的家;在那个家里,从丈夫到仆人,所有的人都关照你、溺爱你。你可以找到应有尽有的快乐:爱情、友谊、床铺、饭桌,甚至父亲的身份。总之,一切构成幸福生活的东西。还有一个难以估价的好处,就是可以不时地变换人家,轮流到各个阶层去安身。夏天,

到乡下，住在把家里的房间出租给你的工人家里；冬天，住在中产阶级人家；如果你有野心，甚至可以住进贵族宅邸。

我还有一个弱点，那就是喜爱我的情妇们的丈夫。我甚至得承认，如果丈夫平庸或者粗俗，那么不管妻子有多么妩媚，也让我厌恶。可是如果丈夫聪明睿智或者风度翩翩，我必然会如痴如狂。即使我跟做妻子的义断情绝，我也要留意不和做丈夫的断绝往来。我那些密友至交就是这么结成的。我正是通过这种方式，屡试不爽地证实，人类中的雄性不容置疑地比雌性优秀。女人给你带来各种各样的烦恼，跟你撒泼，对你横加指责，等等；相反，本来完全有权抱怨的男人，却把你当作他家的保护神一样虔诚相待。

我刚才说过，我有过一个情妇，是一个很有风趣的娇小玲珑的女人，长着淡褐色的头发，常常异想天开，生性反复无常，像修士般虔诚、迷信和轻信，可又着实很迷人。她接吻的方式尤其非同一般，我从未在别的女人那儿领味过！……不过这里不是谈这个的地方……而且她的皮肤那么柔软！只要握住她的手，我就会感到无限的快意……还有她的眼睛……她的目光在你身上掠过，犹如一种缓慢、甜蜜、无尽的爱抚。我经常把头依偎在她的膝上，我们就这样一动不动地待着，她向我俯下身子，脸上带着那种谜一般微妙的女人特有的撩人的笑容；我两眼仰视着她，就这样悠然地、心甘如饴地领味着注入我心田的醉意；她的眸子明亮、湛蓝，明亮得像充满了爱意柔情，湛蓝得像充满了幸福欢愉的天空。

她的丈夫，在一个很大的公用事业单位任督察，经常外出，留下我们自由自在地共度良宵。有时候我去她家里，舒展地躺在长沙发上，头枕在她的一

条腿上，而她另一条腿上睡着她心爱的、名叫"米斯蒂"的特大的黑猫。我们的手指在那猫的神经质的脊背上相遇，在它的丝一般的绒毛里互相爱抚。猫的温暖的侧腹紧贴着我的面颊，我感觉得到它肚子里不断发出的颤颤的呼噜声；有时它伸出一只爪子，搁在我的嘴或眼皮上，五只张开的尖爪就要触到我的眼时，我赶紧闭上。

有时候我们也跑出去做一些她所谓的淘气的事。不过这些事是完全无害的，譬如到某个郊区小客店去吃消夜，在她家或者在我家吃过晚饭以后，像欢蹦乱跳的大学生那样出入不三不四的咖啡馆。

有时我们也走进那些下里巴人的咖啡馆，来到烟雾腾腾的店堂深处，面对一张旧木桌，在跛腿的椅子上坐下。大厅里弥漫着呛人的烟味，夹杂着晚餐时留下的炸鱼味；一些身穿工作罩衫的汉子一面大声喧哗，一面喝着小杯的烈酒；感到奇怪的侍者在我们面前放上两杯樱桃烧酒。

她既害怕又兴奋，哆哆嗦嗦地把小黑面纱折成双层撩起来，悬在鼻子尖。然后她就喝起酒来，高兴得像在干什么好玩儿的罪恶勾当一样。每咽下一颗樱桃，她就有犯下一桩过错的感觉；每一口辛辣的酒下肚，她就有一种微妙的明知故犯的快意。

随后她就低声对我说:"我们走吧。"于是我们向外走。她低着头,迈着小步,匆匆地溜走。穿过不怀好意地看着她走过的酒客,她长长地松了一口气,就好像我们刚刚逃过一次可怕的险情。

有几次,她战栗着问我:"在这种地方,要是有人侮辱我,你会怎么办?"我用豪壮的语气回答:"我会保护你,那还用说!"于是她紧紧挽住我的胳膊,流露出幸福的表情;也许她正在萌生出一种模糊的希望,希望自己遭人辱骂因而也受到捍卫,希望看到有人为她拳脚相向,甚至希望这些人立刻就跟我有一场恶斗!

一天晚上,我们正坐在蒙马特尔①一家下等酒馆的桌前,只见走来一个衣衫褴褛的老妇人,手里拿着一副肮脏的纸牌。看到一位阔太太,这老妇人马上向我们走过来,提出要替我的女伴算个命。艾玛不管是神是鬼都相信;她既想知道又怕知道自己的未来,因而先发起抖来。她请那老太婆在她

---

① 蒙马特尔:巴黎的一处高地,在十八区,高地上有圣心教堂、画家广场、圣皮埃尔墓地等,是著名的游览胜地。

身边坐下。

老太婆像个老古董，满脸皱纹，眼睛四周都是活动的肉，一张空洞的嘴里连一颗牙齿也没有了；她在桌子上摆弄起那副肮脏的纸牌来，先分成几摞，又合拢起来，再一张张地摊开，嘴里咕咕哝哝地不知在讲些什么；艾玛脸色煞白地倾听着、等待着，呼吸急促，焦虑而又好奇地喘着大气。

巫婆开始讲话了。她向艾玛预言了一些模棱两可的事情，什么幸福啦，子女啦，一个金黄头发的年轻男子啦，一次旅行啦，金钱啦，一场官司啦，一位棕发绅士啦，某人的归来啦，一件成就啦，一个人死啦。听到"死"字，少妇吓了一跳。死的是谁？什么时候死？怎么死？

老太婆回答："这个嘛，光靠纸牌的法力是不够的，必须明天到我家里来。我可以用咖啡渣来回答您，我用这个法儿算命从没有过半点差错。"

艾玛忧心忡忡，她回过头来问我："喂，我们明天一起去好吗？喂，我求你了，说'同意'吧。如果你不答应，你想象不出我会多么痛苦。"

我笑着说："只要你乐意，我们就一起去，亲爱的。"于是，老太婆给我们留下了她的地址。

她住在肖蒙高地^①后面一幢破旧不堪的楼房的七层。我们第二天就如约前往。

她的房间原是人家堆放杂物的顶楼储物间，里面有两把椅子和一张床，放满了奇奇怪怪的东西：一束束悬挂在钉子上的草、风干的动物、盛着各种有色液体的短颈大口瓶和细颈瓶。桌子上有个黑猫的标本，两只玻璃眼睛炯炯有神，就好像是这阴森森的住房里的精灵。

艾玛紧张得几乎晕过去。她坐了下来，刚缓过神来就说："啊！亲爱的，你看这只猫咪，多么像米斯蒂啊！"接着她向老太婆解释说，她有一只和它完全一样、完全一样的猫。

---

① 肖蒙高地：巴黎的一座公园，在十九区。

巫婆严肃地回答:"如果您在爱一个男人,您决不能留着那只猫。"

艾玛吓了一跳,问:"为什么不能留?"老太婆亲切地在她身旁坐下,拿起她的手说:"这正是我一生中的不幸。"

我的女友想知道究竟是怎么回事。她紧紧地依偎着老太婆,追问她,央求她:她是那么信任着老太婆,她们立刻成了思想和心灵相通的姐妹。老太婆终于下了决心。

"这只猫,"老太婆说,"我曾经像爱一个兄弟一样爱过它。那时候我还年轻,单身一人,在家做缝衣活儿。我身边只有它——穆东;是一个房客送给我的。它聪明得像个孩子,而且非常温顺。它狂热地爱我,亲爱的太太,比崇拜偶像还要虔诚。它整个白天卧在我的膝上打呼噜,整个夜里蜷缩在我的枕头上;信不信由您,我甚至感觉得到它心脏的跳动。

"有一次我结识了一个好小伙子,他在一家专售白色针织品的商店工作。我们交往了三个月,我什么也没有允诺他。可是您知道,人的心肠是会软下来的,人人都一样;后来,我呀,我开始爱上他了。他是那么可爱,那么可爱,又那么善良。为了节省开支，他想跟我住在一起。终于，一天晚上我同意他到我家来。我当时对于共同生活的事还没有打定主意；是的，还没有！只是想可以两人在一起待上一个小时，心里很高兴。

"开始时，他的举止很得体。他对我倾诉他的柔情蜜意，听得我心中热血翻腾。后来，他把我搂在怀里，吻我，太太，就像人们相爱时那样吻我。而我呢，我已经闭上了眼睛，激动得说不出话来，幸福得微微颤抖。可是，突然，我觉得他猛地挣扎了一下，发出一声惨叫，一声我永远也忘不了的惨叫。我睁开眼睛，只见穆东已经扑在他的脸上，用利爪撕他的皮肉，就像撕一块破布。他的血流得呀，太太，就像倾泻的雨水。

"我呢，我想把猫抓住，可是它根本不理会，爪子依然不停地抓挠；它还咬我，因为它已经完全丧失了理智。我终于抓住了它，把它扔到窗外，因为那时候是夏天，窗户是开着的。

"当我开始替我可怜的男友清洗面部时，我发现他的眼睛，两只眼睛全被挖掉了！

"他不得不进了残老院。他悲恸欲绝，一年后就死了。

我本来想把他留在家里供养他,可是他不愿意。好像发生那件事情以后,他对我也怀恨在心。

"至于穆东呢,它腿断腰折,被活活摔死了。看门人把它的尸体捡了回来。我把它制成了标本,因为我对它总还保留着一份感情。它所以那么干,是因为它爱我,不是吗?"

老太婆沉默不语了,她用手抚摸了一下那只已经没有生命的畜生,只见它的残躯在铁丝架上颤抖。

艾玛心情沉重,她已经忘记了预言中的死亡;或者说,至少是她不再提起这件事了。她付了五个法郎以后就离开了。

因为她丈夫第二天就要回来,我接连几天没有到她家去。

当我又去她家时,我惊奇地发现米斯蒂不见了。我问它在哪儿。

她涨红了脸回答说:"我把它送人了。因为我不放心。"我十分惊讶:"不放心?不放心?为什么呀?"

她久久地拥吻我,轻轻地对我说:"因为我担心你的眼睛,亲爱的。"

不足为奇的悲剧 *

* 本篇首次发表于一八八三年十月二日的《吉尔·布拉斯报》,作者署名"莫弗里涅斯";一九〇九年首次收入路易·科纳尔出版社出版的莫泊桑全集《白天和黑夜的故事》卷。

邂逅巧遇是旅行中的一大乐事。在离家五百法里①之外，突然和一个巴黎人，一个中学同学，一个乡下邻居不期而遇，那份高兴谁没有体会过？在一个还不知道蒸汽有何用途的地方，搭乘铃儿叮当的小公共马车，通宵睁着眼睛，挨着一个年轻女子，您和她并不相识，仅只是在那小城的一座白色房子门前，她上车的时候，在风灯的微光下匆匆看过一眼，这样的事谁没有经历过？

清晨到来，被持续的铃铛声和车窗玻璃的震动声折磨了一夜的神志和耳朵还麻木不仁的时候，看到秀发蓬松的邻座美女睁开眼睛向四周顾盼，用纤细的手指梳理纷乱的头发，扶正帽子；用娴熟的手摸摸上衣是不是歪扭，腰部正不正，

---

① 法里：法国旧时距离单位，一法里约为四公里。

裙子是不是揉得太皱；那种感觉是多么美妙！

她也瞅您一眼，那目光冷淡而又有些好奇，然后就舒坦地坐在一个角落里，似乎只关心眼前的景色。

您会不由自主地时而偷看她一眼，不由自主地总想着她。她究竟是什么人？她从哪儿来？到哪儿去？您甚至会不由自主地在头脑里构思出一部小说。她长得很美，看上去楚楚动人！她那口子真有福气……和她一起朝夕厮守想必其乐无穷吧？谁知道呢？她也许就是那个最符合我们的心愿、符合我们的梦想、符合我们的性情的女人。

看着她在一座乡间住宅的栅栏门前翩然下车，那情景让您怅然若失，却也给您留下甜蜜的回味。一个男子，带着两个孩子和两个女佣在等她。他张开双臂把她抱起来，吻她，再把她放到地上。她俯下身，把两个向她伸出手的孩子抱起来，亲切地爱抚他们。两个女佣从马车夫手里接过从车顶上扔下的行李的当儿，那一家人沿着一条小径走去。

永别了！这件事到此结束。看不到她了，再也看不到她了。永别了，一整夜相邻而坐的少妇。您和她素昧平生，根本没有跟她说过话，可您还是因为她的离去而有点惆怅。永别了！

这样的旅行记忆，愉快的也好，伤感的也罢，我有过很多。

有一次我在奥维涅①景色宜人的法国山区徒步漫游，那些山不太高，也不太陡，给人一种平易近人的感觉。我登上桑西峰②，走进一家小客店。这小客店坐落在常有人朝觐的名叫瓦西维埃尔圣母堂的小教堂旁边。我走进小店时，只见一个模样古怪可笑的老妇人，独自坐在饭堂最里头的一张桌子旁吃午饭。

她至少有七十岁，个子高高的，身材枯瘦，颧骨突出，

---

① 奥弗涅：法国中央高原中部的一个具有历史文化特点的地区，现为奥弗涅-罗讷-阿尔卑斯大区的一部分，有包括康塔尔山、多姆山、道尔山在内的欧洲最古老的火山群，也有辽阔的利马涅平原。
② 桑西峰：法国中央高原的最高山峰，海拔一八八五米。

雪白的头发按照旧时的式样一卷卷地搭在两鬓。她衣着笨拙滑稽,就像一个对穿衣打扮全不在意的漂泊的英国女人。她在吃一盘摊鸡蛋,喝的是水。

她的外貌很特别,目光惶惑不安,一望可知她在生活中饱经忧患。我不由自主地看着她,心里连连发问:"她是谁?这个女人究竟过着什么样的生活? 她为什么孤身一人到这深山里来游荡?"

这时,她付了钱,站起身来准备离去,一面整理着肩上的一块小得出奇的披巾,披巾的两端垂在她的两臂上。她从一个角落里拿起一根长长的旅行手杖,手杖上满是烙铁烙上的名字,然后走出去;她腰板僵直,动作生硬,迈着赶路的邮差一样的大步。

一个向导在门前等着她。他们走远了。我目送他们沿着由一排高大的木十字架标明的道路走下山谷。她的个子比那个向导还高,似乎走得也比他快。

两小时以后,我正在一个深深的漏斗形洼地的边缘攀登,洼地中间是一个巨大神奇的绿色的洞,里面树木茂密,荆棘丛生,巨岩高耸,花儿争艳;帕万湖就在这漏斗底部,圆得就像用圆规画成的;湖水清澈碧蓝,就像天上倾泻下来

的一汪清泉。真是美不胜收啊，真让人想在那俯瞰平静冰凉的火山湖的斜坡上，搭一座小小的茅屋，在这里安度余生。

这时，我发现老妇人正一动不动地站在那里，注视着死火山的底部那透明如镜的湖面，仿佛要透过深不可测的湖水，洞悉湖底的奥秘。据说那下面有好多妖怪般硕大的鳟鱼，它们把其他的鱼都吃光了。我从她身边经过的时候，似乎看到她眼眶里滚动着泪珠。不过她又跨着大步去找她的向导，后者在通向湖边的坡道脚下的一家小酒店里等他。

这一天我没有再见到她。

第二天傍晚,我到了米洛尔城堡。这座古堡是一座巨大的碉楼,屹立在三个小山谷的交会处、辽阔的山谷中的一座山上,高耸入云。古堡呈黄褐色,已经有了裂缝,凹凸不平,不过从它宽阔的弧形基座直到顶上的几个摇摇欲坠的小塔楼可以看出,它的整体还保持着圆形。

比起其他的古堡遗迹,这座古堡给人最深刻的印象是它的宏伟、简朴、庄重以及威武而又严肃的古典风貌。它孤零零地矗立在那儿,高如一座山峰;它是已经死去的王后,但它永远是匍匐在它脚边的那些山谷的王后。穿过一个植满杉树的斜坡可以登上古堡;再穿过一道窄门,便来到第一道院子那君临一方的高墙脚下。

古堡里,是一些倒塌的大厅、散架的楼梯、神秘的洞穴、暗道、地牢、断壁残垣、不知怎么还能坚持不坠的穹顶。这是一座石头堆砌的迷宫;在蜘蛛网一样稠密的裂缝里,野草丛生,蛇蝎横行。

我独自一人在这废墟中徜徉。

突然,我看见一个东西,一个幽灵似的东西,立在一堵墙后面，就像是这座已经毁坏的古老建筑的精灵。

我十分意外，几乎有点心惊肉跳。不过我随即认出，原来就是我遇见过两次的那个老妇人。

她在哭，哭得眼泪哗哗地流，手里拿着一个手帕。

我转身正要走开，她却对我说起话来，尽管她被人撞见在哭有些羞惭。

"是的，先生，我在哭……我并不经常哭。"

我反倒难为情了，结结巴巴的不知回答什么是好："对不起，太太，打扰您了。您大概是遇到了什么不幸的事。"

她低声回答：

"是的……不……我简直就像一条被抛弃的狗。"

她用手帕捂住眼睛，泣不成声。

我被她那富有感染力的眼泪打动了，握住她的两只手尽力安慰她。突然，仿佛她不愿再独自承担悲伤的重负，向我讲起她的故事来。

唉！……唉！……先生……您哪里知道……我的生活有多么痛苦……多么痛苦……

我曾经有过幸福的生活……我在那边……在我的

家乡……有一座房子。可是我再也不愿意回那里去了，再也不回那里去了，因为这太痛苦了。

我有一个儿子……就是他！就是他！孩子们是不会懂的……人生是多么短暂！如果我现在看到他，我也许认不出他了！我曾经那么爱他！甚至在他出生以前，在我感到他在我身体里蠕动的时候。他出生以后，我曾经多么热烈地吻他、抚爱他、疼爱他！您不知道，有多少个夜晚，当他熟睡时，我凝视着他，叨念着他！我爱他简直到了发狂的程度。但是自从他八岁那年，他父亲送他进了寄宿学校，一切都完了，他不再属于我了。啊，上帝！以后他只是每星期日回家，此外就再也看不到他了。

后来他去巴黎上中学，竟然一年只回家四次。每次回家我都惊讶地发现他变了许多；没有看见他长，他就突然长大了。人们从我这里抢走了他的童年，抢走了他对我的信赖、他本应对我难分难舍的依恋，抢走了我亲身感到他逐渐发育直到长成大小伙子的全部快乐。

一年只看到他四次！请想想看！每次他回来，他的身材、眼神、动作、嗓音、笑容都和过去不一样了，

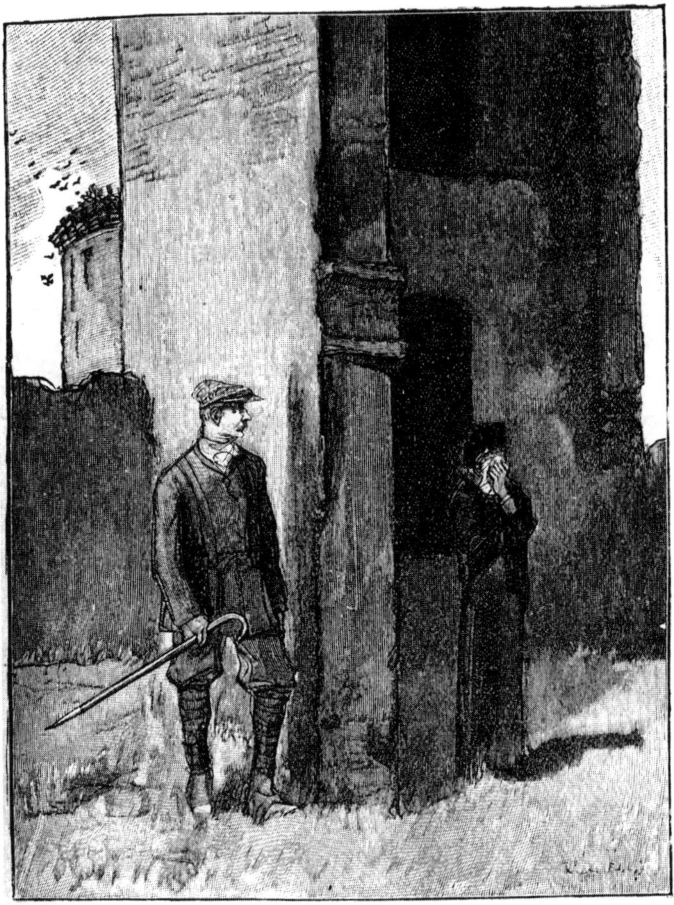

都和我原来的儿子不一样了。一个孩子的变化非常快；不能在他身边看着他变化，这是很可悲的事；孩子变了，再也找不到原来的他了。

有一年他回家的时候，脸上居然已经长出细软的胡须！他！我的儿子！居然……我很震惊，也很伤心，您相信吗？我几乎不敢拥吻他。这是他吗？是我的小宝贝，那个一头金色鬈发的小宝贝吗？我亲爱的孩子啊，从前我常把他裹在襁褓中、放在我的膝盖上，让他用贪婪的小嘴儿吃我的奶；可这个棕发青年再不会和我亲热，他似乎只是出于义务才爱我，只是为了礼貌才叫我"我的母亲"；我本想把他紧紧搂在怀里，而他却只吻了吻我的额头。

我丈夫已经去世；接着我的父母也亡故了；后来我又失去了两个姐姐。一旦死亡进入一个家庭，就好像它急于尽可能地多做些活儿，为了可以隔得时间长一些再来；它只留下一两个人活着去为死人哭泣。

只剩下我一个人了。儿子已经长大，在学习法律。我希望和他一起生活，死也死在他身边。

于是我去找他，想和他住在一起。但他已经养成年轻人的习惯，他让我明白我妨碍了他。我知道错了，就离开了；可是作为母亲，觉得自己成了惹人讨厌的人，这对我来说实在太痛苦了。我又回到自己家里。

我再也没有见过他，几乎再也没有见过他。

后来他结婚了。多么让人高兴的事啊！我们终于可以永远生活在一起了。我要抱孙子孙女了！但是他娶的那个英国女人却仇视我。为什么？也许她感到我太爱我的儿子了。

我不得不又离开他。我又孤身一人。是的，先生，孤独一人。

后来儿子去了英国，和他们——他的岳父母一起生活。您明白吗？他们把我的儿子据为己有了！他们从我这里抢走了他！他只是一个月给我写一封信。起初他还来看看我。现在，他已经根本不来了。

我有四年没见到他了！他脸上已生出皱纹，头发已经白了。这是真的吗？这个几乎是个老头儿的人是我的儿子，我那过去脸蛋儿红扑扑的儿子吗？大概我再也见不到他了。

于是我一年到头在外面旅行。我漫无目的地到处游荡，就像您看到的这样，没有任何人给我做伴儿。

我现在就像一条被抛弃的狗。再见了，先生，别在我身边久留了，把这一切告诉您我是很痛苦的。

在下山的路上我回头看，只见那老妇人站在一堵残破的墙头，注视着群山、漫长的山谷和远处的尚蓬湖。

山风劲吹，她的连衣裙的下摆和她肩上古怪的小披巾像旗帜一样随风飘荡。

伊俄卡斯忒先生[*]

* 本篇首次发表于一八八三年一月二十三日的《吉尔·布拉斯报》，作者署名"莫弗里涅斯"；一九〇八年首次收入路易·科纳尔出版社出版的莫泊桑全集《菲菲小姐》卷。伊俄卡斯忒是希腊神话中的人物，忒拜国王拉伊俄斯之妻，俄狄浦斯的母亲和妻子。俄狄浦斯意外杀死了拉伊俄斯，成为忒拜国王，丧偶的伊俄卡斯忒按照习俗嫁给了新任国王俄狄浦斯，并为其生子。这篇小说套用她的名字作为乱伦的象征。

夫人，您还记得有一天晚上，在一个日本式的小客厅里，关于那个犯了乱伦罪的父亲，我们有过一次激烈的争执吗？您还记得您是多么愤慨，您冲我脱口而出的言辞是多么火爆，您在气头上的态度是多么慷慨激昂吗？您还记得我为之辩护所说的那些话吗？您当时判定我大错特错。现在我要申诉。

您曾经断言，任何人，世上没有任何人能饶恕我为之辩护的这种恶行。今天，我就向公众讲讲这个悲剧是怎么回事。

听了以后，也许会有人，不但原谅这种丑陋的禽兽般的行为，而且能够理解好像全能大自然的奇想的某些无法抗拒的宿命！

她在十六岁时被人嫁给一个年老而又难以忍受的男人，

一个贪图她的嫁资的生意人。她那时是个娇小的金黄色头发的女孩,性格欢快同时喜爱幻想,对理想的幸福怀有热烈的渴望。但是幻灭跌落在她的心上,把它碾得粉碎。她突然懂得了生活,懂得了她再也没有未来,她的希望遭到了灾难性的毁灭;她心里装着的唯一愿望,就是有一个孩子,好寄托她全部的爱。

她没有孩子。

两年过去了。她爱上了一个人。那是一个二十三岁的年轻人,名叫皮埃尔·马尔泰尔;他崇拜她,到了愿为她做任何傻事的程度。然而她抵制,而且抵制了很久。

但是,一个冬天的晚上,只有他们两人在她家。他来喝一杯茶。然后,他们紧挨着炉火,在一张矮沙发上坐下。他们几乎不说话,但是他们被欲望燃烧着,嘴唇充满了把它们推向对方嘴唇的野蛮的饥渴,臂膀被张开和拥抱的需要激励得战栗。

蒙着花边罩子的灯在寂静的客厅里倾洒着亲和的柔光。

两个人都很尴尬,偶尔说个一言半语;但是当眼睛相遇时,却会在他们心头掀起一阵波澜。

后天养成的感情怎能抵挡本能的猛烈冲击? 羞耻心的

成见怎能抵挡自然的不可抗拒的意志？

他们的手指偶尔碰了一下。这就够了。感官的伟力把他们推向对方。他们互相拥抱，她自愿献身。

她怀孕了。是情夫还是丈夫让她怀上的？她怎么知道？不过，想必是情夫的。

但是她总被一种恐惧折磨着；她认为自己肯定会在分娩时死去，所以她让这个占有了她的人发誓终身守护这个孩子，不要拒绝他的任何要求，为了他不惜一切，一切，必要的话，甚至不惜为他的幸福而犯罪。

这个想法一直纠缠着她，她几乎要疯狂；而且随着分娩临近，她越来越兴奋。

她生下一个女儿，而她自己果然在分娩时去世。

对这个年轻男子来说，这真是一个可怕的打击，他痛苦万分，深陷在难以掩饰的绝望之中。丈夫也许有些怀疑，也许知道女儿不可能是他的！他把这个以为自己是真正父亲的人拒之门外，把孩子藏了起来，交给别人秘密地抚养。

很多年过去了。

就像人们会把一切都忘记一样，皮埃尔·马尔泰尔已经忘记这件往事。他发财了，但是他再也没有爱过什么人，也没有结婚。他过着和所有人一样的生活，一个幸福而平静的人的生活。没有任何关于被他欺骗了的那个丈夫，关于他假设是自己的女儿的消息。

然而，一天早上，他收到一个无关紧要的人的来信，信中偶然提到他昔日的情敌死了，他顿时感到一种内疚，一种隐约的遗憾。那个孩子，他的孩子，她怎么样了？他难道什么也不能为她做吗？他去打听。得知她后来被一个姑姑收养了，她现在很穷，穷得度日艰难。

他希望见到她，帮助她。他让人带他去见这个遗孤的唯一的亲戚。

他的名字甚至唤不起任何记忆。他四十岁了，看来还像个年轻人。人们接待了他，但是他不敢说他曾经认识孩子的母亲，怕以后会引起怀疑。

他正忧心忡忡地在小客厅里等着,她走了进来;他惊恐得几乎浑身发抖。他仿佛看到了她!昔日的她!死去的她!

这个姑娘有着同样的年龄,同样的眼睛,同样的头发,同样的身材,同样的微笑,同样的声音。如此惟妙惟肖的幻象令他疯狂;他再也搞不清是怎么回事,他失去了头脑;昔日的猛烈的爱情一股脑儿在他的心底翻腾。她也是那么欢快和单纯。他们立刻就伸出手来,而且成了朋友。

但是他回到家,发现旧的痛苦的伤疤又揭开了,他两手捂着头,哭得死去活来。他哭另一个人,对她的记忆萦绕不绝,被她熟悉的话音追踪着,突然又坠入没有出路的绝望中。

他经常去女孩住的地方。他不能再没有她,不能再听不到她含笑的言谈、连衣裙的窸窣和说话的声调。在自己的思想和心里,他已经把死了的和活着的她们混而为一,忘记了距离,忘记了流逝的时间,忘记了死亡;他在这一个的身上永远爱着另一个,在另一个回忆中爱着这一个,不再试图理解和知道,甚至不再自问她是否可能是他的女儿。

不过,看到他以双重的、模糊的、连自己也无法理喻的激情深爱的这个女孩生活窘迫,他总是心如刀割。

他能做什么呢?送她钱?以什么名义呢?有什么权利

呢？扮演保护人的角色吗？他看上去只比她大一点，别人还会以为他是她的情夫呢。把她嫁出去？内心突然出现的这个想法让他害怕。逐渐地，他平静下来。谁会要她！她什么也没有，什么都没有。

姑姑见他经常来，看得出他爱这个女孩。他在等待。等什么呢？他真的知道吗？

一天晚上，只有他们俩在一起。他们肩并肩坐在小客厅的长沙发上，娓娓地倾谈。突然，他在父爱的冲动下握住了她的手。他久久地握住它，心灵和感官都不由自主地陷入混乱，既不敢推开她任他握着的手，又感到再握着它就要做出错事。而她突然扑在他的怀抱里。因为她也热烈地爱他，就像她的母亲当年爱他一样，仿佛她继承了这命定的激情。

他忘乎所以，用嘴唇贴着她的金发；由于她抬起头想逃走，他们的嘴唇相遇了。

在某些瞬间人们会变得疯狂。他们就是这样。

当他重新到了街上，他往前走起来，不知道自己要做什么。

夫人，我又想起您的愤激的呐喊："他只有去自杀！"

我曾经回答您："那么她呢，他也应该杀死她吗？"

这个女孩热烈地爱他，到了失去理智的程度；继承来的命定的激情，把纯真、无知、狂热的她击倒在这个男人的怀抱里。她是在整个身心不可克制的陶醉中行动的，已经不知道在做什么，完全是出于自我奉献；是暴烈的本能卷起她，把她抛进一个情人的怀抱，像把一头雌兽推向雄兽那样。

如果他自杀了，她怎么办？……她会死去！……她会因为名誉扫地、悲观绝望、受尽可恶的折磨而死去。

那么怎么办呢？

抛弃她，给她一份嫁妆，把她嫁出去？……她还是会死；她会伤心死，绝不会接受他的钱，也不会接受另一个配偶，因为她已经把自己交给了他。他粉碎了她的生活，毁坏了她一切可能的幸福；他注定了她永远受苦，永远绝望，永远流泪，永远孤独，直到死亡。

况且，他呢，他也爱她！现在，他虽然心怀恐惧，也仍然狂热地爱她。这是她的女儿，就算是吧。受精的偶然性，繁殖的粗暴法则，一秒钟的接触，把他的女儿变成了一个不能以任何合法关系和他连起来的存在；而他爱她，就像他曾经爱她的母亲，甚至犹有过之，就像两个爱叠加在他的心上。

况且，这是不是他的女儿？这有什么关系？谁能知道呢？

他又清楚地记起当年对临终的爱人立下的誓言。他答应过要把自己的整个生命都赋予这个女孩，如有必要，不惜为她的幸福而犯罪。

他爱她，他深陷在他的可恶而又甜蜜的罪行的反思里，被痛苦撕裂，被欲望蹂躏。

谁知道这件事呢？……既然另一个人，她的名义上的父亲，已经死了。

他心想，也罢！让这可耻的秘密吞噬我的心吧。既然她不可能猜到，我就独自去承载它的重压。

于是他向她求婚，娶了她。

我不知道他是否幸福；但是我也会像他这么做，夫人。

艾尔梅太太 *

* 本篇首次发表于一八八七年一月十八日出版的《吉尔·布拉斯报》;一九一〇年首次收入路易·科纳尔出版社出版的莫泊桑全集《左手》卷。

疯子一直吸引着我。这些人生活在充满怪诞梦幻的神秘国度，在深不可测的神经错乱的云雾中，他们在人世看过的一切，爱过的一切，做过的一切，都在想象的世界里重新开始，不受任何人世间统治事物和支配人类思想的法规制约。

对他们来说，"不可能"已经不复存在，"不真实"已经消失尽净，神奇变成了常态，超自然成了习惯。逻辑——这古老的栅栏，理性——这古老的高墙，情理——这古老的思想的栏杆，在他们放纵无羁的想象面前断裂、崩溃、倒塌。他们的想象逃进无边无沿的幻想的境地，像在童话里飞跃着前进，势不可挡。在他们看来，什么都会发生，什么都可能发生。他们不费吹灰之力就能战胜艰难险阻，制服叛逆抵抗，荡平各种障碍。只需他们幻觉的意志灵机一动，他们就能摇身一变成为国王、皇帝或者神祇，就能拥有世界上的一切财富、生活里的一切美好的东西，他们就能享尽一切欢乐，他们就能永远健康、永远美丽、永远年轻、永远可爱！世上只有他们可以幸福美满，因为对他们来说真实已经不复存在。我爱观察他们的流浪的心灵，就像人们俯身在深渊的边缘，看未知的激流在底部翻滚，人们不知道这激流来自何处，也不知道它去向何方。

不过关注这些裂隙并没有丝毫用处，因为人们永远不可能知道这水从哪里来，到哪里去。归根到底，这和光天化日下流动的水一模一样，再怎么看也看不出什么名堂。

观察疯子们的精神世界同样没有丝毫的用处，因为连他们最荒诞不经的念头人们也早已熟悉，不过是怪诞而已，因为他们不再受理性的约束。他们层出不穷的任性的泉源，常把我们惊讶得糊里糊涂，

因为看不出那些胡思乱想来自何处。只要向它扔一块小石子，想必就会激起这样的滚沸。但是这些疯子仍然吸引我，我仍然听从这疯狂的平庸秘密的召唤，情不自禁地回到他们身边。

有一天，我参观一个精神病院，陪我的医生对我说：

"嗨，我让您看一个很有趣的病例。"

他让人打开一个小单间，里面有一个犹有风韵的四十岁上下的女人，坐在一张大扶手椅上，手里拿着一面小镜子，一个劲地看着自己的脸。

她一看到我们，就立刻站起来，跑到房间的尽头，拿起放在一把椅子上的面纱，把自己的脸严严实实地包起来，然后走回来，点头向我们致意。

"好啊！"医生说，"您今天早晨怎么样？"

她深深叹了一口气。

"噢！很不好，很不好，先生，疤痕一天比一天多。"

他带着深信无疑的表情回答：

"绝不会，绝不会，我敢向您担保，您弄错了。"

她走到他身边，低声说：

"我不会弄错，我可以肯定。我数了，今天早晨多了十个疤痕，三个在右边脸上，四个在左边脸上，还有三个在额头上。

"这真可怕，太可怕了！我再也不敢让任何人看我了，连我的儿子也不能看，不能，他也不能！我完了，我永远破相了。"

她又倒在扶手椅里，啜泣起来。

医生拿过一把椅子，在她身边坐下，用温和的声音安慰她：

"好啦！给我看看，我敢向您担保，没有一点事。稍稍烙一下，我就能让疤痕全没了。"

她一声不吭，只摇头表示"不"。他想揭开她的面纱，但她连忙用两只手使劲抓住，手指都深深陷进面纱了。

他又开始开导她，让她放心：

"好啦，您明知道我每一次都能把这些讨厌的疤痕全去掉，我治了以后，别人就再也看不出来了。如果您不让我看，我就没法把您治好了。"

她低声说：

"让您看我愿意，但是我不认识陪您来的这位先生。"

"他也是医生，他也要给您看病，而且比我看得还好。"

这时她才让人揭开面纱，露出她的脸。但是她依然害怕，紧张，因为被人看到而羞得脸一直红到陷在连衣裙里的脖颈。她垂下眼皮，扭过脸去，时而往右，时而往左，躲避我们的目光，一边结结巴巴地说：

"噢！让人这么看我，我很痛苦！这很可怕，是不是？这是不是很可怕？"

我看着她，大感意外，原来她脸上什么也没有，没有疤痕，没有斑点，没有痣点，连一个伤痕也没有。

她把脸转向我，依然垂着眼皮，对我说：

"先生，我是看护我的儿子的时候染上这可怕的病的。我救了他，但是我的脸毁了。我把自己的美给了他，给了我可怜的孩子。总之，我尽了自己的义务，我的良心安了。我现在的痛苦，只有天主知道。"

医生从衣袋里抽出一支很细的水彩画笔。

"您让我来处理，"他说，"我这就把一切都搞定。"

她把右面颊凑了过来，他开始用画笔一下子一下子轻轻触碰，就像是在敷上一小点一小点颜色。他在左脸上也如法炮制。接着是下颌，继而是前额；然后他大声说：

"您看呀，什么也没有了，全没啦！"

她拿过镜子,仔仔细细地打量了很久,聚精会神,目不转睛,想发现点什么,然后才松了一口气:

"没了。看不出什么了。我真是太感谢您了。"

医生已经站起来。他向她道别以后,就让我先出门,然后他也跟着出来。门一关上,他就对我说:

"这个不幸的女人的故事,说起来是挺可悲的哩。"

她名叫艾尔梅太太。她曾经很美、很娇俏、很让人喜爱,生活得很幸福。

她属于这样的女人,在这世界上支撑着她们、支配着她们和慰藉着她们的,只有她们的美貌和她们取悦他人的愿望。无时无刻地为保持风韵而操心,照料她的脸、她的手、她的牙齿、她的身体的每一个显露出来的部分,用去了她的所有时间和精力。

她丧偶守寡,和一个儿子在一起生活。孩子受到所有令人赞羡的上流社会女子的孩子们那样的教育。她很爱他。

他长大了,她变老了。她是不是看到了那不可避免的危机正在到来,我一无所知。她是不是像别的女人那

样,每天早晨几小时几小时地查看昔日那么细嫩、白皙、滋润的皮肤,而今在眼睛下面起了褶子,许许多多纹路虽然还不明显,但是在日复一日、月复一月地加深?她是不是看到了额头那些小蛇般的长长的皱纹也在不断地、缓慢而稳定地扩大,势不可挡?她是不是经受过折磨,那镜子,那带银把的小镜子的可恶的折磨?真折磨人啊,下不了决心把镜子放回桌上,愤怒得把它摔掉,马上又把它捡起,近些,再近些,端详正在走近的衰老的可憎而又静静的摧残!她是不是每天十次、二十次无缘无故地离开在客厅里聊天的女友们,独自上楼到卧室,把自己关

起来,在门锁和门闩的保护下,再一次观察成熟的肉体在凋谢中进行的破坏工作,绝望地确认还没有任何人发现而她却看出的衰败的缓慢进展?她知道自己遭到的最严重的进攻在哪儿,岁月对她的最深的损伤在哪儿。而镜子,雕花银框的圆圆的小镜子,向她道出最可怕的真情,因为镜子在说话,它像在笑,在嘲笑,向她宣布所有即将到来的真情,所有身体上的苦难和精神上的残酷折磨,直到她死亡。死亡才是她的解脱之日。

她可曾绝望地跪着,额头点地,放声痛哭,祈求,祈求,祈求天主,因为天主就这样残杀众生;他给予他们青春仅仅是为了让他们的晚年更加凄惨,赋予他们美貌仅仅是为了马上收回。她可曾祈求、恳求过天主做出对任何人都没做过的事,对她格外开恩,让她常葆魅力、青春和风韵,直到她的末日?退一步,明白了恳求也无济于事,明白了天主总要推动岁月年复一年地流逝,她可曾在房间里扭动着两臂在地毯上打滚?她可曾把痛苦的绝望呐喊忍在喉咙里,用脑袋撞击家具?

毫无疑问,这些折磨她都经受过,因为不久就发生了这样的事。

一天（那时她三十五岁），她的十五岁的儿子病倒了。

还没有断定他的痛苦从何而来，得的是什么性质的病，他就卧床不起。

一位本堂神父①，也是他的家庭教师，几乎寸步不离地守护着他。艾尔梅太太只是一早一晚过来看看他的情况。

早晨，她穿着晨衣，满面笑容，浑身散发着香味，一进门就问：

"怎么样，乔治，好些吧？"

大男孩儿，肿胀的脸烧得通红，回答：

"是的，我的小妈妈，好点了。"

她在他的房间里待上几分钟，一边瞧着那些药瓶，一边噘着嘴发出"呸""呸"的声音；接着突然大喊一声："啊！我忘了一件很紧急的事。"撒腿就逃，身后留下她乔装打扮的幽幽的芳香。

晚上，她穿着袒胸露肩的连衣裙出现，更是匆匆来去，因为她总是迟到；她只有时间问一句：

---

① 本堂神父：天主教会主管一个普通教堂的神父。

"怎么样，医生怎么说？"

本堂神父总是回答：

"他还不能确定，太太。"

然而，有一天晚上，本堂神父回答："太太，令郎得了天花。"

她吓得大叫一声，赶快逃跑。

第二天，贴身女佣走进她的卧室，一下子就闻到满屋刺鼻的烧焦的糖味；她发现女主人眼睛睁得老大，面孔因失眠而变得苍白，在床上痛苦得直打哆嗦。

女佣刚打开外板窗，艾尔梅太太马上问：

"乔治怎么样了？"

"啊！今天很不好，太太。"

她就好像是自己病了，中午十二点才起床，吃了两个鸡蛋，喝了一杯茶；接着她就出门，到一家药房打听预防天花感染的方法。

她吃晚饭的时候才回来，满载着大大小小的药瓶，立刻就把自己关进卧室，浑身洒满消毒剂。

本堂神父在餐厅里等她。

她一走进来，就焦急地大声问：

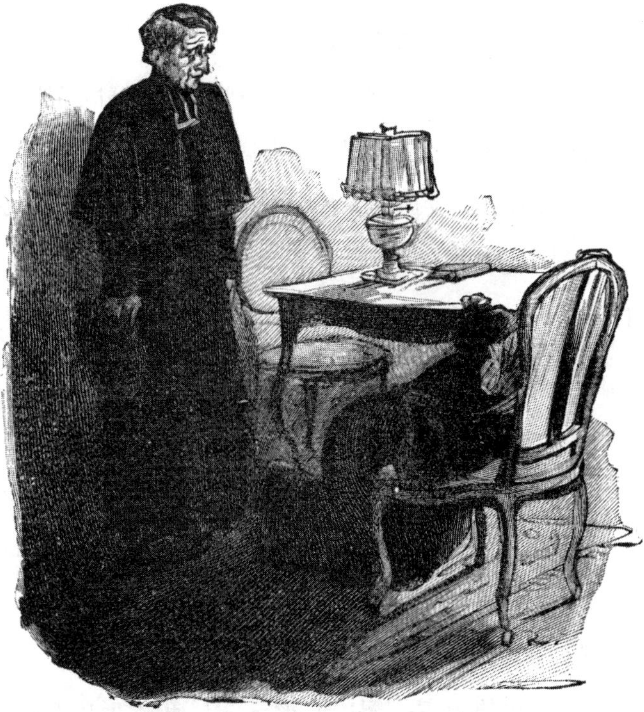

"怎么样？"

"噢！不怎么样。医生很不安。"

她哭起来，悲痛得连饭也吃不下去。

第二天，天刚亮，她就让人去打听消息。病情仍然不见好。她一整天都闷在房间里，小火盆冒着烟，散发出强烈的气味。另外，她的女佣还言之凿凿，听见她整晚都哼哼唧唧。

整整一个星期就这样过去了，她只是在下午三四点钟的时候，出去一两个小时换换空气，别的什么也不做。

她现在每个小时都要打听一下消息，一听说儿子病情恶化，她就哭哭啼啼。

第十一天的早上，本堂神父让人通知她以后，走进她的房间，神情严峻，脸色苍白。她请他坐，他没有坐，便说：

"太太，令郎的情况很不好，他要见您。"

她扑通跪倒在地上，大声叫喊：

"啊！我的天主！啊！我的天主！我不敢！我的天主！我的天主！救救我！"

神父又说：

"医生已经不抱什么希望了，太太，乔治在等您。"

神父说完就走出去。

两小时以后,年轻人感到自己就要死了,再次要求见见母亲;本堂神父又到房间里来找她,见她还跪在地上,一边哭泣,一边一迭连声地说:

"我不能……我不能……我太害怕了……我不能……"

他试图说服她,让她坚强些,给她鼓劲。结果弄得她神经崩溃,歇斯底里般地吱哇乱叫了很长时间。

傍晚,医生又来了,听说她那么胆怯,表示不管她愿意不愿意,拖也要把她拖过去。可是,他费尽口舌也说不动她,便抱起她,要把她拖到儿子房间去;而她拽住门,使尽全身的力气扒着门,怎么也拉不动她。后来,他松开了她,她便趴在医生的脚边,请他原谅,原谅她这个可怜的女人。她哭喊着:"噢!他不能死,我求您啦,请告诉他我爱他,我非常爱他……"

年轻人病重垂危,看到最后的时刻临近了,请求人们说服自己的母亲来跟他说一声"永别"。临终的人有时具有一种预感,他全明白了,全猜到了,他说:"如果她不敢进来,那就求求她,只要在阳台上走到我的窗外,让我看她一眼,至少让我用眼睛跟她说一声'永别',既然我不能亲身拥吻她。"

于是医生和本堂神父又来到那女人的房间：

"您不会有任何危险，"他们肯定地说，"既然有一层玻璃把您和他分开。"

她同意了，把整个头包起来，拿了一小瓶嗅盐①，只在阳台上走了三步，便用手捂着脸，突然呻吟着说：

"不，不，我不敢看他……不敢……我很惭愧……我太害怕了……不，我不能。"

人们想拖她，但是她使劲抓住栏杆，那么声嘶力竭地哀号，街上的行人都抬起头来看。

垂死的人等待着，眼睛向着窗户；他等着在临死前最后看一眼那张温柔可爱的脸，母亲的神圣的脸。

他等了很久，天黑了。于是他把脸转向墙壁，再也不说一句话。

天亮时，他死了。第二天，她疯了。

---

① 嗅盐：一种以碳酸铵和香料为主配制成的药品，人用鼻子闻了以后有刺激作用，特别用来减轻昏迷或头痛。十九世纪西方贵族妇女穿紧身服装会造成呼吸困难，故有随身携带嗅盐的习惯。

白与蓝*

* 本篇首次发表于一八八五年二月三日的《吉尔·布拉斯报》，作者署名"莫弗里涅斯"；一九〇八年首次收入路易·科纳尔出版社出版的莫泊桑全集《在水上》卷。

我的小船①,通体白色、沿着船舷有一圈装饰线的我心爱的小船,在海面上缓缓、缓缓地滑行。大海像入睡了似的,那么平静、平静,又深又蓝,那种透明的液态的蓝。阳光,蓝色的阳光,一直流到海底的岩石上。

别墅,白色的、雪白

---

① 小船:酷爱水和划船的莫泊桑有过几条船;一八八三年,他买了一条命名"路易丝埃特"的船,还雇了一个老水手,在地中海上划船。

雪白的精致的别墅,透过敞开的窗户看着地中海。海水一直伸展到能抚摸花园的院墙。茂盛的花园里种满棕榈树、芦荟、常绿的树和四季开花的植物。

我吩咐慢慢划着桨的水手,停在我的朋友坡尔的小门前。我扯着嗓子高喊:"坡尔!坡尔!坡尔!"

坡尔出现在阳台上,像在睡梦中被吵醒的人一样,神色慌乱。下午一点钟的大太阳照得他眼花,他用两手捂着眼睛。

我高声问他:

"您愿意去海上兜一圈吗?"

他回答:"我就来。"

五分钟以后,他就登上了我的小船。

我对水手说,往大海上划。

坡尔把上午没读的报纸带了来,躺在船底开始翻阅。

我呢,我看着陆地。随着船儿远离海岸,整个城市,美丽的白色城市,都呈现在眼前,蜷缩成一团,卧在蓝色的波浪边。接着,往上,是第一座大山,第一个阶梯,山上有一片大松树林,星星点点,也布满了别墅,像巨大的鸟蛋似的白色的别墅。越向山头,别墅的间距越大;山顶上有一座很大的,四方形的建筑,也许是一个旅馆,那么白,就像当天上午刚刚又粉刷过的。

我的水手是个性情沉稳的南方人,不慌不忙地划着桨;太阳像火炬一样在蓝天炽烈地照耀,照得我眼睛疲劳,我便看着水,看着蓝色的海水;海水深深,只有船桨打破它的平静。

坡尔对我说:"巴黎一直在下雪。每天夜里冷到零下六摄氏度。①"

我舒展胸膛,呼吸着和暖的空气,在海面上安睡的不动的蓝色空气。

我抬起眼睛。

只见在那个绿色的山的后面,远些的上方,正显露出巨大的白色的山。先前根

---

① 这个细节和现实相符。巴黎从一八八五年一月十六日起落雪,在一月二十日至二十七日之间曾降温至零下六摄氏度。在法国南方,一月二十日前后,降雪也曾导致前往意大利的火车中止运行。

本看不到它。而现在它却开始耸起高大的雪墙，亮莹莹的雪墙。由一个个像金字塔一样尖的白色冰峰筑成的轻盈的带子，环绕着这长长的海岸，生长着棕榈树、盛开着银莲花的温暖的海岸。

我对坡尔说："看那边的雪，看呀。"我指着阿尔卑斯山脉[①]让他看。

茫茫的白色山脉向望不到的远方延伸着，在拍打着蓝色海水的桨声中不断扩大着。白雪仿佛就在我们身边，那么近，那么厚，那么咄咄逼人，让我感到害怕，感到寒冷。

接着，我发现稍低处有一条笔直的黑线，把山横切成两半，火热的太阳好像在那里对冰雪说过："你别再往前走。"

坡尔一直拿着他的报纸，突然说："皮埃蒙特[②]传来的消息很可怕。雪崩摧毁了十八个村庄。您听呀，"他便读起来，"奥斯塔山谷[③]传来的消息很可怕。吓坏了的居民再也不得

---

① 阿尔卑斯山脉：欧洲绵延最广的山脉，跨越法国、瑞士、德国、意大利、奥地利诸国。
② 皮埃蒙特：意大利西北部地区，阿尔卑斯山脉横贯其北部。
③ 奥斯塔山谷：意大利西北部的一个山谷，位于皮埃蒙特地区北部，阿尔卑斯山脉横贯境内。

安宁。雪崩埋葬了一个又一个村庄。在卢塞恩山谷[①]，灾难更严重。

"罗卡那，死七人；斯帕洛纳，死十五人；罗姆博戈尼奥，死八人；在被大雪覆盖的隆科、瓦尔普拉托、坎皮格利亚，找到三十二具尸体。

"在皮洛纳、圣达米安、米斯特纳尔、德蒙特、马塞洛、齐亚布拉诺，死的人数同样多。巴尔泽格利亚村完全被雪崩淹没。在人们的记忆中，从未见过这样的灾难。

"无数可怕的情节正从各处传来。下面是其中的一条：

"葛洛斯卡瓦洛的一个正直的男人，和他的妻子以及两个孩子一起生活。

"妻子已经病了很久了。

"星期日，灾难发生的那一天，父亲正在女儿的帮助下照料病人，儿子去邻居家了。

"突然，一次巨大的雪崩覆盖了茅屋，把它压垮了。一根粗大的房梁落下来，几乎把父亲劈成两半，当场死亡。

---

① 卢塞恩山谷：卢塞恩又译"琉森"，瑞士中部的一个山谷，阿尔卑斯山脉通过该地区南部。

"同一根房梁反而保护了妻子,但是她的一只胳膊被压在下面,砸断了。

"她可以用另一只手摸到女儿,但是女儿也同样被那根沉重的木头压着。可怜的女孩大声叫喊:'救命啊!'差不多喊了三十个小时。她还时不时地说:'妈妈,递给我一个枕头,垫在头下面。我的头很痛。'

"只有母亲活了下来。"

我们现在看着山,那雄伟的白色的山,它越来越大;而前面的这座山,绿色的山,在它的脚下已经只像是个侏儒。

城市已经远得无影无踪。

在我们左右、下面、前面,只有蓝色的大海;在我们身后,只有白色的阿尔卑斯山脉,披着它的沉重的雪大衣的巨人般的阿尔卑斯山脉。

在我们的上方,是晴朗的、被阳光镀上一层金色的柔和的蓝色天空。

啊! 多么美好的日子!

坡尔又说:"死在冰冷沉重的积雪下面,想必非常可怕!"

我们被波浪缓缓地载着,被桨的运动声抚慰着,逐渐远离陆地。除了连绵的白色山岭,我已经什么也看不到,我只想着这可怜和渺小的人类,这些轻如尘埃的生命,它们是那么微小,那么饱受磨难,麋集在这粒遗落在多如尘埃的天体间的沙子上;想着这被疾病杀死、被雪崩压死、被地球的震动摇晃和惊吓的苦难深重的人群,想着这些一公里外就看不见的可怜的小生物,他们那么疯狂,那么虚荣,那么爱争斗,总在互相残杀,又只有几天的活头。我经常对活几个小时的苍蝇和活几年的动物以及活几个世纪的星球做比较。这一切有什么意义?

坡尔说:

"我知道一个关于雪的很有趣的故事。"

我对他说:

"讲给我听听。"

他说:

"您还记得大个子拉吉埃,于勒·拉吉埃,漂亮的于勒吗?"

"记得,当然了。"

"您知道他对自己的容貌、头发、胸膛、力气和小胡子有多骄傲。他自认为各方面都比别人强。这是个讨女人欢心的能手、不可抗拒的男人,是那种论出身和教养都半吊子的漂亮小伙儿，说不清他们怎会在情场获得那么大的成功。

"他们既不聪明，也不精明，也不乖巧，但是他们有肉铺的殷勤小伙计的天性。这就够了。

"去年冬天，积雪覆盖着巴黎，我去一个半上流社会①女人家参加舞会。您也认识她，美人儿西尔维·雷蒙。"

"是的，我认识。"

"于勒·拉吉埃也在那儿，是一个朋友带他去的，我看到他很讨女主人的喜欢。我想：'今夜要是下雪，这一位也不必担心非回家不可了。'

"然后，我就忙着在一大堆闲着的美女中找一个消遣。

"我没有成功。并不是所有人都是于勒·拉吉埃。将近凌晨一点钟的时候，我就孤单一人走了。

"门前有十来辆出租马车，凄苦地等待着最后的客人。车夫们恨不得闭上看着白色人行道的惺忪的眼睛。

"我住得不远，想步行回家。就在这条街拐弯的地方，我发现一个奇怪的事情：

---

① 半上流社会：指围绕交际花、高等妓女形成的富人和贵族的社交圈，在十九世纪后半叶有一定社会影响，在小仲马的剧本《半上流社会》、左拉的小说《娜娜》等文学作品中也有所反映。

"那是一个大黑影，一个男人，一个高个子男人，神经兮兮的，走过去，走过来，把脚使劲插进雪里，把雪掀起来，扬起来，往前洒。是个疯子吗？我小心翼翼地走近一看，原来是美男子于勒。

"他一只手举着他的漆光高帮皮鞋，另一只手举着他的袜子，把裤腿卷到膝盖上边，像旋转木马似的转圈跑着；他一边把光着的脚浸在厚厚的积雪里，一边找着还没有踩过的深些白些的雪地。他撒着欢，踢腾着，做着要给地板打蜡时清理地板的动作。

"我看得目瞪口呆。

"我小声说：

"'啊，这样嘛！你昏了头吧？'

"他没有停下来，回答：'一点也不，我在洗脚。你想

呀，我已经让美丽的西尔维动心了。机会难得。我相信我的好运今晚就要实现。要趁热打铁。我呢，我没有想到会这样，否则，我就先洗个澡再来了。'"

坡尔总结道："您瞧，雪有时候还真能成人好事。"

我的水手划累了，已经停下桨。我们在波平如镜的水面上一动不动。

我对我的水手说："回去吧。"他又操起桨来。

我们逐渐驶近陆地，白色的高山也随之逐渐降低，钻进前面的那座山，那座绿色的山后面。

城市重又出现，就像一片泡沫，蓝色大海岸边的一片白色的泡沫。别墅也显露在树丛里。高处再也看不到别的，只见一条雪线，起伏不平的峰峦勾勒出的一条雪线，向右延长，消失在尼斯方向。

继而，只看得见一排山脊，一大排山脊，最后也逐渐消失，被最近的山坡吞没了。

很快就什么也看不见了，只看到海岸和城市，白色的城市和蓝色的海。我的小船，我心爱的小船，伴着轻轻的桨声在海面划行。

催眠椅 *

* 本篇首次发表于一八八九年九月十六日的《巴黎回声报》;一九一〇年首次收入路易·科纳尔出版社出版的莫泊桑全集《左手》卷。

塞纳河在我的房子前面伸展开去，没有一丝波纹；清晨的太阳给它抹上一层清漆。这是一条长长的美丽、宽阔、缓缓的河流，银光闪闪，间或也有些地方被染成紫红色。在河的另一边，沿着整个河岸排列整齐的大树，筑成一道无边的绿色高墙。

生活，充满朝气、欢乐、爱情的生活，每天都重新开始。我们可以感觉到它在叶丛中战栗，在空气里抖动，在水面上闪烁。

有人把邮差刚送来的报纸交给我。我走到河边，一面轻踱慢步，一面读着报纸。

我打开第一份报纸，几个大字赫然在目："自杀统计"；细读之下，得知今年竟有八千五百多人自杀。

顿时，我仿佛看到了这些自杀者！看到了对活厌了的绝望者的这种丑恶却又是自愿的大屠杀！我看见一些人血流如注，被一颗子弹打碎下巴，打烂脑袋，射穿胸膛，孤零零地在旅馆的小房间里苟延残喘，他们并不想自己的伤口，想的仍然是自己的不幸。

我还看见一些人，喉咙被割破，肚子被剖开，菜刀或者剃刀还拿在手里。

我还看见一些人，或者坐在一个浸泡着火柴的杯子前面，或者坐在一个贴着红色标签的瓶子前面。

他们两眼呆滞地望着这杯子或者瓶子，一动不动；然后喝下去，然后等着；接着，他们脸上露出痛苦不堪的表情，嘴唇抽搐；恐惧令他们眼神慌乱，因为他们不知道死亡之前是那么痛苦。

他们站起来，稍停片刻，便倒下去，两手捂着肚子，感到五内

俱焚，毒液像烈火般吞噬着他们的肠胃，紧接着头脑一片昏黑。

我还看见一些人，吊在墙壁的钉子上，窗户的长插销上，天花板的钩子上，顶楼的房梁上，夜雨中的树枝上；我能猜想到他们伸出舌头、一动不动地悬在那里以前都干了些什么。我能猜想到他们内心的苦恼、最后的犹豫，以及他们系绳子、看看系得牢不牢、套在脖子上、让自己悬空的一系列动作。

我还看见一些人，倒在他们脏乱不堪的床上，有怀抱幼儿的母亲，有饥肠辘辘的老人，有被失恋的忧伤弄得柔肠寸断的姑娘，他们全都肢体僵硬，窒息了，断气了，而煤炉还在房间里冒着烟。

我还眺见一些人，黑夜里在空寂的桥上徘徊，这些人最凄惨。河水从桥洞下流过，发出潺潺声。他们没有看河水……但是呼吸着它冷飕飕的气息；他们想象得到它的存在！他们需要它，他们又怕它。他们不敢啊！可是，他们又必须如此。远处某个钟楼响起报时的钟声；突然，在黑夜的广漠的寂静中，一个身体跌落河里的扑通声，几声叫喊，几下两手扑打水的响声，转瞬即逝。也有的时候只听得见

他们落水的扑通声，因为他们把自己的两臂捆着或者在脚上绑了石头。

啊！可怜的人们，可怜的人们，可怜的人们啊，我那么强烈地感受到了他们的悲情，那么深切地体验了他们的死！我经历了他们的所有苦难；在一个钟头的时间里，我经受了他们受到过的所有折磨。我了解了把他们逼到这一步的所有苦恼，因为我清楚在生活的迷人外表下掩盖着卑鄙龌龊，再也没有人比我更清楚这一点了。

我多么了解他们啊，这些惨遭厄运虐待的弱者，他们失去了心爱的人，从迟早会得到回报的梦想中醒来，从对残暴的天主总会变得公正的幻想中醒来，看破了幸福的幻影，厌腻了，希望结束这出无间歇的悲剧或者可耻的喜剧。

自杀！这是已经精疲力竭的人们仅剩的力量，这是不再有信心的人们仅剩的希望，这是失败者的崇高的勇气！是的，这个生活至少还有一扇门，我们总可以打开它到另一边去！大自然偶尔发了个慈悲，没有把我们关得严严的。为了那些绝望的人，谢谢啦！

至于那些仅仅是看破尘世的人，让他们随心所愿、放心大胆地继续向前走吧。他们没有什么可怕的，既然他们能够离开，既然在他们的后面总有这扇连梦中的神灵都无法关闭的门。

我想着这群自愿死去的人：一年八千五百多啊。我觉得他们就好像集结起来向世界发出一个祈求，喊出一个心愿，要求一件等世人更能理解时才能实现的事。我觉得这些自处死刑者，这些自割喉咙的人，这些自我下毒的人，这些上吊的人，这些自我窒息的人，这些投水的人，好像结成了一个可怕的部落，正在走来，如同投票的公民那样，对社会说："请至少给我们一个轻松的死法！你们既然没有帮助我们活，那就帮助我们死吧！你们瞧，我们人数众多，我们有权在这自由的、哲学思想独立的和全民投票的时代发言。请施舍给那些放弃生命的人一个不让人厌恶也不令人恐惧的死法吧。"

……………

我开始胡思乱想起来,任凭我的思想围绕着这个主题驰骋遨游,生出种种古怪和神秘的幻象。

一时间,我仿佛来到一个美丽的城市。原来是巴黎。但在什么时代呢?我在街上信步漫游,观赏着一座座房屋、剧院、公共机构。忽然,在一个广场上,我看到一座大楼,十分高雅、精致而又美观。

我大吃一惊,因为这座大楼的门脸上可以读到几个镀金的大字:"自愿死亡者协会"。

啊!清醒状态下的梦境真是怪哉,我们的精神竟然翱翔在一个既非现实而又有可能是真实的世界!那世界里没有一样东西让人惊奇,没有一样东西令人不快;幻想摆脱了羁绊,再也分不清什么可笑与可悲。

我走近这座建筑。一些穿着短套裤的仆役坐在门厅的衣帽寄存处前面,和一个俱乐部的入口处别无二致。

于是我走进去看看。一个仆役站起来,问我:

"先生有什么贵干?"

"我想知道这地方是做什么的。"

"没有别的事吗?"

"没有。"

"那么,先生愿意让我领您去见见协会秘书吗?"

我犹豫不决,问道:

"可是,这不打扰他吗?"

"啊,不会,先生,他在这里就是专门接待希望了解情况的人的。"

"走吧,我跟您去。"

他带我穿过一条又一条走廊,走廊里有几位老先生在聊天,然后把我领进一间办公室,那办公室很漂亮,只是光线有点晦暗，所有家具全是黑色的而且全是木头做的。一个浑身肥肉、大腹便便的年轻人一边抽着雪茄，一边在写信。我一闻烟味儿就知道那是上等雪茄。

他起身。我们互相致礼。等仆役走了，他问：

"请问您有什么事需要我效劳？"

"先生，"我回答他，"请原谅我的冒昧。我从未见过这个机构。大楼门脸上的几个字让我感到非常惊讶，我希望知道这里究竟是做什么的。"

他还没有回答，先露出微笑，然后带着扬扬自得的神情低声说：

"我的天主啊，先生，我们在这里杀那些想死的人，让他们死得干净利落，从从容容，我不敢说舒舒服服。"

我并没有大惊小怪，因为总的来看，这是自然而又正确的。

我特别惊讶的是，在这个思想低下、功利至上、言必称人道、人人都自私自利、一切真正的自由皆受限制的星球上，居然有人敢从事这样一个配得上获得解放的人类的事业。

我又问：

"您怎么会有这个想法呢？"

他回答：

"先生，自杀的人数在一八八九年万国博览会以后的五年里急剧增长，采取对策已是刻不容缓了。大街上，集会上，餐馆里，剧院里，火车上，共和国总统的招待会上，到处都有人自杀。这不但对像我这样的热爱生活的人来说是一个丑恶的场面，对孩子们来说也是一个坏榜样。因此有必要把自杀集中起来。"

"这样的爆炸性增长原因何在呢？"

"我也不知道。归根结底，我认为是世界变老了。人们开始看清楚这一点，却又不能容忍这一点。今天，命运就像政府一样，人们知道它是怎么回事；人们看到自己到处受骗，索性一走了之。人们看清了，连老天爷也在撒谎、作弊、盗窃、欺骗人类，就像议员对待选民那样，于是义愤填膺，可是又不能像对付享有特权的代表那样，每三个月另外任命一个老天爷，于是只好离开这个肯定糟透了的地方。"

"确实如此！"

"啊！不过我本人倒没有什么可抱怨的。"

"您能不能跟我说一说你们协会是怎样运作的？"

"我很乐意。不仅如此，如果您愿意的话，也可以加入。

这是一个俱乐部嘛。"

"一个俱乐部！！……"

"是呀，先生，是由国内一些最杰出的人士、最伟大的思想家、最有远见卓识的人士创建的呢。"

他发自深心地笑着，补充道：

"而且我敢向您保证，人们在这儿都很快乐呢。"

"在这儿？"

"是呀，在这儿。"

"您这话倒让我惊讶了。"

"我的天主！人们在这儿感到快乐，因为俱乐部会员不再畏惧死亡，而死亡是人间快乐的最大的破坏者。"

"可是，他们既然并不想自杀，何必还要做这个俱乐部的会员呢？"

"做俱乐部会员并不因此就非自杀不可呀。"

"那又何必呢？"

"我来解释一下吧。面对过度增长的自杀人数，面对自杀者让我们看到的种种丑恶场面，一个纯粹慈善性质的协会便应运而生。它的宗旨是保护那些绝望的人，即使不能为他们提供一个即便不是意料不到的，至少也是平静的、不知不觉的死法交给他们支配。"

"那么谁批准的这样一个协会呢?"

"是布朗热①将军在他短暂的执政期间批准的。他是什么也不拒绝的。再说,他所做的好事也只有这一件了。就这样,一些有远见的人,一些不抱幻想的人,一些无神论者,就组织了一个协会,希望在巴黎市中心竖立起一座蔑视死亡的殿堂。这幢房子最初曾经令人望而生畏,没有人敢走近它。创办者们不但自己经常在这里聚会,而且还在这里举行了一个盛大的揭幕晚会,到会的有萨拉·伯恩哈特②、朱迪克③、泰奥④、格拉尼埃⑤和其他二十余位夫人;德·雷兹凯⑥、柯克

---

① 布朗热:全名乔治·布朗热(1837—1891),法国将军和政治家,曾任陆军部长。因策划发动政变,推翻共和,建立军事独裁,被挫败后流亡国外。后自杀。
② 萨拉·伯恩哈特(1844—1923):法国话剧演员,被认为是法国十九世纪最伟大的话剧明星之一。
③ 朱迪克:全名安娜·朱迪克(1849—1911),法国话剧演员。
④ 泰奥:全名路易丝·泰奥(1850—1922),法国歌剧演员。
⑤ 格拉尼埃:全名让娜·格拉尼埃(1853—1939),法国歌剧演员和女高音歌唱家。
⑥ 德·雷兹凯:全名让·德·雷兹凯(1850—1925),活跃于法国歌剧舞台的波兰裔著名演员。

兰①、穆奈-胥利②、波吕③等先生;此后还举办过一些音乐会,上演过仲马④、德·梅拉克⑤、阿莱维⑥、萨尔杜⑦的剧本。我们只有一次演出砸锅了,那是贝克⑧先生的一个剧本,似乎凄惨了一点,不过这出戏后来在法兰西喜剧院上演获得巨大成功。总之,全巴黎的人都来了。我们的事业也就出了名。"

"在欢歌笑语中! 这是个多么可怕的死亡的游戏啊!"

"才不呢。死亡本来就不应该是凄凄惨惨的,而应该是无所谓的事。我们把死亡变成愉快的事,我们用鲜花装饰它,

---

① 柯克兰:全名伯努瓦·贡斯当·柯克兰(1841—1909),法国话剧演员,尤以扮演西哈诺·德·贝尔日拉克著称。
② 穆奈-胥利:本名让-胥里·穆奈(1841—1916),法国话剧演员,与萨拉·伯恩哈特搭档演出古典悲剧,享有盛名。
③ 波吕:本名让·保尔·阿邦斯(1845—1908),法国歌剧演员和男高音歌唱家。
④ 仲马:此处指小仲马(1828—1895),法国作家和剧作家,小说和剧本《茶花女》的作者。
⑤ 德·梅拉克(1831—1897):法国著名剧作家。
⑥ 阿莱维:全名路德维克·德·阿莱维(1834—1908),法国剧作家。
⑦ 萨尔杜:全名维克多利安·萨尔杜(1831—1908),法国话剧作家。
⑧ 贝克:全名昂利·贝克(1837—1899),法国剧作家。文中所提剧作应是他的代表作《乌鸦》。

我们让它充满芳香，我们使它轻而易举。大家还可以通过实例学习如何帮助人；可以来看看，没关系。"

"人们为了寻欢作乐而来，这我完全能够理解，但是难道人们也会为了……它而来？"

"倒不是马上就来，人们起初还是有疑虑的。"

"后来呢？"

"人们来了。"

"来得多吗？"

"大批地来。每天有四十多。现在塞纳河里几乎再也没有发现淹死的人了。"

"最先尝试的是什么人？"

"俱乐部的一个会员。"

"一个有献身精神的？"

"我想不是。那是一个遇到烦恼的人，一个输光赌本的人，他打巴卡拉牌①，一连三个月，每次都输很多钱。"

"真的吗？"

"第二位是一个英国人，一个古怪的人。当时，我们在

---

① 巴卡拉牌：一种纸牌赌博。

多家报纸上大做广告,解说我们的方法,还虚构了几桩引人入胜的死亡范例。但是事业的发展主要还是靠穷苦人的推动。"

"你们采用的是什么方法呢?"

"您愿意参观一下吗? 我会在参观时向您解释。"

"当然愿意。"

他拿上帽子,开了门,让我走在前面,然后进入一个赌博室。一些人正在里面赌钱,同在任何赌场里赌博一样。他接着领我穿过几个客厅。都有人在里面聊天,情绪激昂,气氛欢快。我还很少见过这样生机盎然,这样活跃,这样欢乐的俱乐部。

见我甚感惊讶,秘书又说:

"啊! 协会受到的欢迎真是史无前例。全世界的高雅社会人士都争相参加,以显示其藐视死亡的气概。他们既来之,便以为必须表现得高高兴兴,而不可显出半点畏惧。于是,他们就逗乐,开玩笑,欢天喜地,大家都很风趣,不会的也学着风趣。可以肯定地说,这是当今巴黎最热闹、最有趣的地方了。甚至妇女们现在也忙着筹建一个专门为她们服务的分会呢。"

"即使这样,协会里还是有很多人自杀吗?"

"正如我对您说的,大约每天有四五十人。

"上流社会的人寥寥无几,但是穷鬼却大有人在。出自中产阶级的也不少。"

"那么是怎样……做的呢?"

"窒息……慢慢悠悠地。"

"使用什么方法?"

"使用我们发明的一种气体。我们已经拥有这项专利。在大楼的另一边,有三扇向公众开放的门。那是三扇小门,开向一条小街。一个男人或者一个女人来了,我们先了解他的情况,然后向他提供救援、帮助、保护。如果顾客接受,我们就进行一番调查;我们往往还真能挽救他。"

"你们从哪儿弄到钱呢?"

"我们有很多钱。会费是很高的。此外,捐款给协会是有教养有风度的表现。所有捐款者的大名都会公布在《费加罗报》[①]上。况且,凡是有钱的人自杀,都得付一千法郎。他们死也要体体面面呀。穷人自杀则是免费的。"

---

① 《费加罗报》:一八五四年创刊,最初为周报,一八六六年起改为日报。

"你们怎么认得出是穷人呢？"

"啊！啊！先生，我们猜得出！再说，他们也须带着所在街区的警察局发的贫民证来。您想象不到他们一进来时的情形是多么凄惨！我只去本机构的这个部分看过一次，我再也不忍到那里去了。就地方来说，跟这儿一样好，几乎一样气派，一样舒适；但是他们……他们啊！！！那些来寻死的衣衫褴褛的老人，您要是能看到他们来时的惨状就好了：有些人饱受贫困的煎熬，几个月来一直像街上的野狗一样在墙旮旯里觅食；有些妇女衣不蔽体，骨瘦如柴，疾病缠身，肢体瘫痪，难寻生计，她们诉完自己的苦情，对我们说：

'你们看得很清楚,这样的情况实在不能继续下去了,既然我,我什么也不能干,什么也挣不到了。'

"我看到一个八十七岁的老妇人找上门,她失去了所有的子女和孙子孙女,露宿街头已有六个星期。我真是难过极了。

"我们遇到的情况千差万别,还不算那些什么也不说、仅仅问一句'在哪儿?'的人。这些人,我们让他们进来,一下子就结束了。"

我一阵心酸,重复道:

"在……哪儿?"

"在这儿。"

他打开一扇门,说:

"请进,这是专门保留给俱乐部会员的部分,也是使用最少的部分。我们在这里还只进行过十一次消灭。"

"啊!你们把这个叫作……消灭。"

"是的,先生。请进呀。"

我犹豫了一会儿,终于还是进去了。这是一个雅致的长厅,有一点类似温室,淡蓝色、浅粉红色、嫩绿色的彩绘玻璃像风景画挂毯一样围绕着它,诗意盎然。在这美丽的厅堂里有一些长沙发、挺拔的棕榈树、散发出芳香的鲜花,尤其

是玫瑰花，桌子上都放着书籍、《两大陆杂志》①、装在专卖局特制盒子里的雪茄，令我惊讶的是还有放在糖果盒里的维希糖衣片②。

见我有些惊讶，我的向导说：

"啊！人们常来这儿聊天。"

① 《两大陆杂志》：著名的文化刊物，一八二九年创刊。
② 维希糖衣片：即碳酸氢钠片，俗称小苏打片。

他接着又说：

"对公众开放的那些厅堂是一样的，不过陈设简单一些。"

我问：

"你们怎样操作呢？"

他指着一张蒙着绣白花的奶油色双绉绸面的长椅；那长椅放在一棵我从未见过的高大灌木下面，环绕在这灌木脚下的是一个种着木樨花的花坛。

秘书压低声音补充说：

"花和香味可以随意改变，因为我们的气体是完全让人不知不觉的，它可以给死亡添加您所喜欢的花香。它和香精一起挥发出来。我帮您吸一秒钟好吗？"

"谢谢，"我连忙对他说，"现在还不想……"

他笑了起来：

"啊！先生，没有任何危险。我自己也试验过好几次。"

我怕在他面前显得胆怯，于是说：

"那好吧。"

"那就请您躺在'催眠椅'上。"

我有点紧张,在双绉绸面料的矮矮的长椅上坐下,然后躺下,几乎立刻感到身处木樨花香的包围之中。我张大了嘴尽情地吸着,因为在窒息的最初昏迷状态,在令人舒服而又有剧毒的鸦片的让人神魂颠倒的迷醉下,我的心灵已经麻木,忘记了一切,只知道贪婪地品尝。

有人抓住我的胳膊摇晃了我几下。

"喂!喂!先生,"秘书笑着说,"看来您已经上钩了。"

这时一个人的声音,一个真实的人的声音,而不是梦幻中的人的声音,带着乡下人的音调,跟我打招呼:

"您好,先生。身体怎么样?"

我的梦顿时烟消云散。我看见在阳光下闪亮的塞纳河,并且看见本地的乡警正沿着一条小路走来。他右手触了触飘着银线饰带的黑色军帽向我敬了个礼。我回答:

"您好,马利奈尔。您这是去哪儿?"

"我去察看莫里翁附近捞起来的一个淹死的人。又是一个跳进河里喝水的。他甚至脱掉裤子,把两条腿捆在一起。"

拉莱中尉的婚事 *

* 本篇首次发表于一八七八年五月二十五日的《马赛克》周刊，作者署名"吉·德·瓦尔蒙"；一九〇八年首次收入路易·科纳尔出版社出版的莫泊桑全集《羊脂球》卷。

战役一开始，拉莱中尉就从普鲁士人手中缴获了两门大炮。将军对他说："谢谢，中尉。"还授予他十字荣誉勋章。

他既谨慎又勇敢，灵巧，机敏，足智多谋。上级派给他一百来号人，他组织了一支侦察队，曾经多次拯救撤退中的大军。

但是，入侵者就像漫溢的大海，从边界全线涌入。那就像一个接一个扑来的人的巨浪，在他们周围撒下泡沫般的流动部队。卡莱尔将军的这个旅，脱离了师部，不停地后撤，每天都要作战，但是靠着拉莱中尉的警惕和敏捷，几乎保持完好无损。这位中尉好像有分身术似的无所不在，挫败了敌人的所有诡计，令他们的预测屡屡失误，弄得他们的枪骑兵[①]晕头转向，将他们的先头部队尽数歼灭。

---

① 枪骑兵：普鲁士军队的枪骑兵属于轻骑兵部队，通常充当执行侦察任务的尖兵。

一天早晨，将军把他招来。

"中尉，"将军说，"这是德·拉塞尔将军来的一封急电，如果我们不能在明天日出以前赶到援助他，他就完了。他在布兰维尔，离这里八法里。你天黑时带三百人出发，一路上分成梯队推进。我两小时以后就跟去。你要仔细探明沿路的情况，我怕会遭遇敌军一个师的兵力。"

天寒地冻已经一个星期了。两点钟，开始下起雪来；傍晚时，大地已经被大雪覆盖，飞舞的浓密白雪像幕布似的把近在咫尺的东西都隐没了。

六点钟，小分队上路。

两名士兵在前面探路，只有他们俩，领先三百米。接着是中尉亲自率领的一个十人小组。其余的人排成长长的两列跟随前进。一些士兵在小分队左右两侧各三百米的距离，两个两个地行进。

雪，下个不停，给黑暗中的他们扑上一层白粉；雪落在衣服上并不融化，加上夜色阴沉，所以他们在清一色白茫茫的田野上几乎不露一丝痕迹。

他们不时地停下来。这时就只听得见那不可名状的落雪的沙沙声，与其说是响声，不如说是感觉，像是凶险而又难

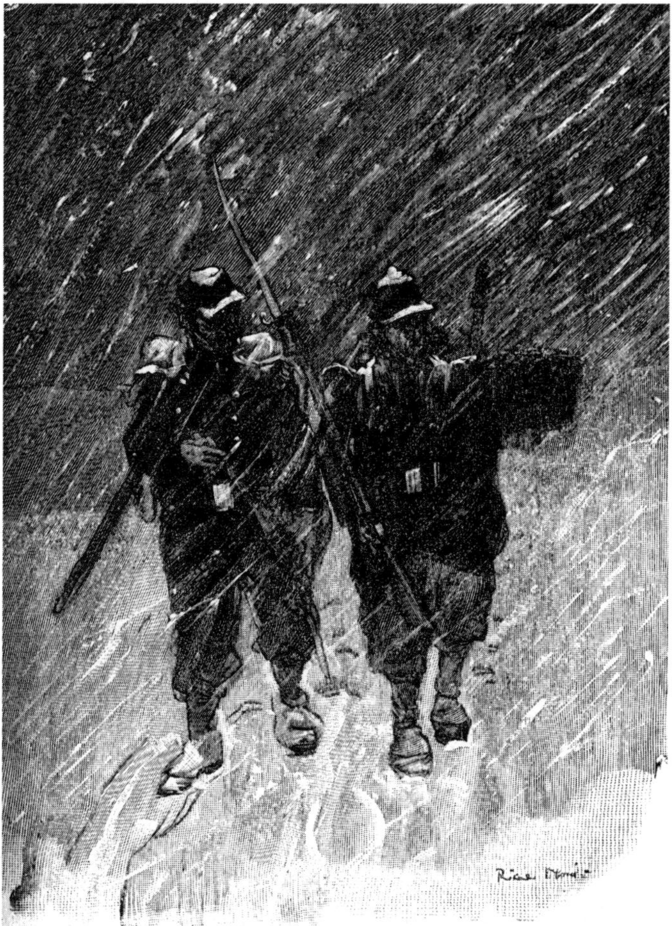

以捉摸的私语。一道口令轻声传递着；每当队伍重新启动时，就留下一个白色的幽灵站在雪地里。幽灵变得越来越模糊，直到无影无踪。那是些活人扮的路标，用来为大部队指引方向的。

侦察兵们放慢了行进的脚步。有什么东西兀立在他们前方。

"向右转！"中尉说，"这是隆菲树林，树林左边就是城堡。"

不久，一道命令传来："停止前进！"小分队停下来，就地等候中尉。中尉仅带着十个人，一路侦察，向城堡推进。

他们在树丛下匍匐前行。突然，大家都静止不动了。一片可怕的寂静笼罩在他们上空。接着，在很近的地方，一个清脆、悦耳、稚嫩的声音，刺破林中的静谧，轻轻地说：

"父亲，我们要在雪地里迷路了。我们永远也到不了布兰维尔了。"

一个洪亮一些的声音回答：

"别怕，女儿，我对这一带了如指掌。"

中尉吩咐了几句，四个战士，就像几个影子一样，悄无声息地离去。

突然，黑夜中响起一个女人的尖叫声。两个俘虏被带过来：一个老人和一个女孩。中尉始终低声地询问他们。

"您叫什么名字？"

"皮埃尔·贝尔纳。"

"您是做什么职业的？"

"隆菲伯爵的膳食总管。"

"这是您的女儿吗？"

"是的。"

"她是做什么的？"

"她是伯爵府洗衣服的。"

"你们去哪儿？"

"我们在逃难。"

"为什么？"

"今晚来过十二个普鲁士枪骑兵。他们枪杀了三名守卫，吊死了园丁。我呢，很为女儿担心。"

"你们去哪儿呢？"

"去布兰维尔。"

"为什么？"

"因为那里有一支法国军队。"

"您认识路吗？"

"非常熟悉。"

"很好，那就跟我们走吧。"

他们回到纵队那儿，重又开始在田野中前进。老人沉默不语，和中尉并肩走。女儿走在他的旁边。她突然停下来。

"爸爸，"她说，"我累极了，实在走不动了。"

说着她就坐下来。她冻得发抖，好像就要死在这里似的。父亲要抱她走，可是他年纪太大，身体也太弱了。

"中尉，"他啜泣着说，"我们要耽误你们行军了。法兰西高于一切。别管我们啦。"

军官下了一道命令。几个人出发了。他们抱着一些砍下的树枝回来。于是，片刻间，做成了一副担架。整个小分队都向他们聚拢过来。

"这儿有一位女士快要冻死了，"中尉说，"谁愿意把自己的大衣给她盖上？"

两百件大衣脱了下来。

"现在，谁愿意抬她走？"

所有的手臂都伸出来。年轻女子裹在温暖的军大衣里，舒适地躺在担架上，四个壮实的肩膀把她抬起来；她就像一位东方女王,由奴隶们抬着,被安置在小分队的中间。队伍继续前进,步伐更有力,更坚定,更轻快。这个女人,就像那激励法兰西的古老热血完成过那么多奇迹的女王,她的在场让他们深受鼓舞。

走了一个小时,队伍又停下来,所有人都卧倒在雪地里。那边,平原中央,一个巨大的黑影在奔跑,就像是一个令人不可思议的鬼怪,先是像蛇一样伸得老长,接着突然缩成一团;时而横冲直撞,时而静止不动,然后又继续狂奔,反复不停。一道道命令在战士中间小声传递着,不时地发出一声轻微的金属磕碰的清脆声响。那游荡的怪物猛然向这边移近,原来是十二个普军的枪骑兵,在黑夜中迷失了方向,一个尾随一个,疾驰过来。在阴森的微晖中,二百个卧倒的人突然出现在他们面前。一阵急速的枪声划破雪原的寂静,十二个枪骑兵,连同他们的十二匹坐骑,全部倒下。

小分队等待了好一会儿,然后又继续前进。他们遇到的那位老人为他们做向导。

终于,从很远处有一个声音吆喝:"口令!"

另一个比较近的声音回了口令。

他们又开始等待,双方正在接洽。雪已经停止飘落。寒风扫荡着乌云,而在他们身后,云层上方,无数星星在闪烁。星光逐渐暗淡下来,东方的天空露出玫瑰色。

一个参谋部军官前来迎接小分队。当他问到担架上抬着什么人时,女孩动了动,两只小手拨开那些大号的蓝色军大衣,露出一副姣美的面庞,泛着曙光般的红润,眸子比隐去的星星还要晶莹,笑容比初升的太阳还有神采。她回答:

"是我,先生。"

战士们欣喜若狂,鼓着掌,把年轻的姑娘高高举起以示胜利,一直把她抬到营地中央;营地的官兵都举枪致敬。不久,卡莱尔将军到了。九点钟,普鲁士人发起进攻。他们中午就被击退。

当晚,拉莱中尉精疲力竭,倒在一捆麦秸上睡着了,将军派人来找他。他来到将军的营帐,只见将军正在和他夜间遇到的那个老人谈话。他刚走进去,将军就拉过他的手,对这个他还不知道真实身份的人说:

"亲爱的伯爵,这就是您刚才和我谈到的那个年轻人,我手下的一名优秀的军官。"

他微笑着,压低了声音,接着说:

"最优秀的军官。"

然后，他又转身朝着大吃一惊的中尉，介绍"隆菲－凯迪萨克伯爵"。

老人双手紧握着中尉的手，说：

"亲爱的中尉，您救了我女儿的命，我只有一个办法可以感谢您……请您几个月以后来告诉我……如果您喜欢她……"

一年以后，一天不多一天不少，在圣多玛·德·阿昆教堂①，拉莱中尉娶了路易丝－奥尔坦丝－热纳维耶芙·德·隆菲－凯迪萨克小姐。

她带来六十万法郎的陪嫁，而且，人们都这么说，她还是那一年人们见到的最美的新娘。

---

① 圣多玛·德·阿昆教堂：旧时一座贵族社会的教堂，在今巴黎第七区，巴克街和圣日耳曼林荫大道之间。

一页未曾发表的历史 *

* 本篇首次发表于一八八〇年十月二十七日的《高卢人报》;一九〇八年首次收入路易·科纳尔出版社出版的莫泊桑全集《在阳光下》卷。

尽人皆知帕斯卡尔①关于一粒沙子终止了克伦威尔②的红运,从而改变了世界命运③的名言。同样,在主宰着人类和世界的诸多重要事变的伟大偶然性中,有一件很小的事,一个女人的一个不顾一切的举动,拯救了年轻的拿破仑·波拿巴,即后来成为伟大的拿破仑的生命,从而改变了欧洲的

---

① 帕斯卡尔:全名布莱兹·帕斯卡尔(1623—1682),法国哲学家、物理学家、数学家、散文家。他的散文名著有《思想录》和《致外省人书》。
② 克伦威尔:全名奥利弗·克伦威尔(1599—1658),十七世纪英国资产阶级革命中资产阶级和新贵族集团的代表人物。曾战胜王党军队,清洗国会中的长老派,处死国王查理一世,宣布成立共和国,建立军事独裁统治。
③ 帕斯卡尔的《思想录》中有这样一段话:"如果克伦威尔的尿道里没有一小颗沙子,他将使所有的基督徒遭殃,让王室灭亡,他的家族会兴起,甚至罗马也会在他的脚下发抖。但是这一小颗在其他地方不值一提的沙子,却因为堵在克伦威尔的尿道里而夺去了他的生命。他的家族衰败了,王室复苏了。"克伦威尔确系死于肾结石。

命运。这是尚不为人知的一页历史（因为与这个非凡的人的人生有关的一切都属于历史的范畴），一出真正的科西嘉①式的戏剧，在这出戏里，这位回乡度假的青年军官差点儿丧了命。

以下所述，字字句句都确凿无疑。我几乎是根据口授听写下来的，没有一点改变，没有一点遗漏，也没有一点试图让它显得更有"文学兴味"或者更有戏剧性，而只是记下事实，纯粹的、纯净的、单纯的事实，以及所有人物的姓名、他们所做的事和他们所说的话。

对故事进行刻意编造固然可以取悦于人，但这里涉及的是历史，而历史不容篡改。我说的这些情节，是直接从唯一能够获知真相的人那里得到的。正是他的证言，给一八五三年前后为确保执行在圣赫勒拿岛②去世的皇帝的遗嘱所作的

---

① 科西嘉岛：法国在地中海上的一个大岛，面积八六八〇平方公里，位于法国大陆东南，南隔博尼法乔海峡与意大利撒丁岛相望。原属意大利，一七六九年被法国武力获取，改属法国。岛上通行科西嘉方言。现分上科西嘉和南科西嘉两个行省。
② 圣赫勒拿岛：南太平洋的一个火山岛。一八一五年拿破仑在滑铁卢战役失败后，被流放在这个岛上，直到一八二一年去世。

公开调查①指明了方向。

事实上，拿破仑去世的三天前，在他的遗嘱上增添了一个追加遗嘱，包含以下内容。他写道：

我遗赠二万法郎给博科尼亚诺②的那个把我从要杀我的强盗们手里救出来的居民；

一万法郎给他的家族中唯一支持我的维扎沃纳先生；

十万法郎给热罗姆·莱维先生；

十万法郎给巴斯特利卡③的科斯塔先生；

二万法郎给里科神父。④

---

① 拿破仑死于一八二一年五月五日。他的遗嘱立于四月十五日。他在四月二十四日和二十五日又为这份遗嘱作了追加遗嘱。遗嘱于一八五三年由英国交给法国。一八五四年八月五日拿破仑三世发布法令，成立了一个委员会负责执行拿破仑一世的遗嘱。

② 博科尼亚诺：法国科西嘉岛西部阿雅克肖市附近的一个村庄。

③ 巴斯特利卡：法国科西嘉岛中部的一个城市。

④ 这里提到的五个人在两个追加遗嘱中均有记载。博科尼亚诺的那个居民据说叫图散·博奈利，他获得了根据拿破仑遗嘱赠给的钱。维扎沃纳和他是同村人。莱维是拿破仑的姻亲，一七九三年五月六日至七日的夜里曾把拿破仑藏在一个壁橱里。科斯塔一直跟拿破仑很接近，曾到厄尔巴岛去看望拿破仑。里科神父曾教拿破仑认字。

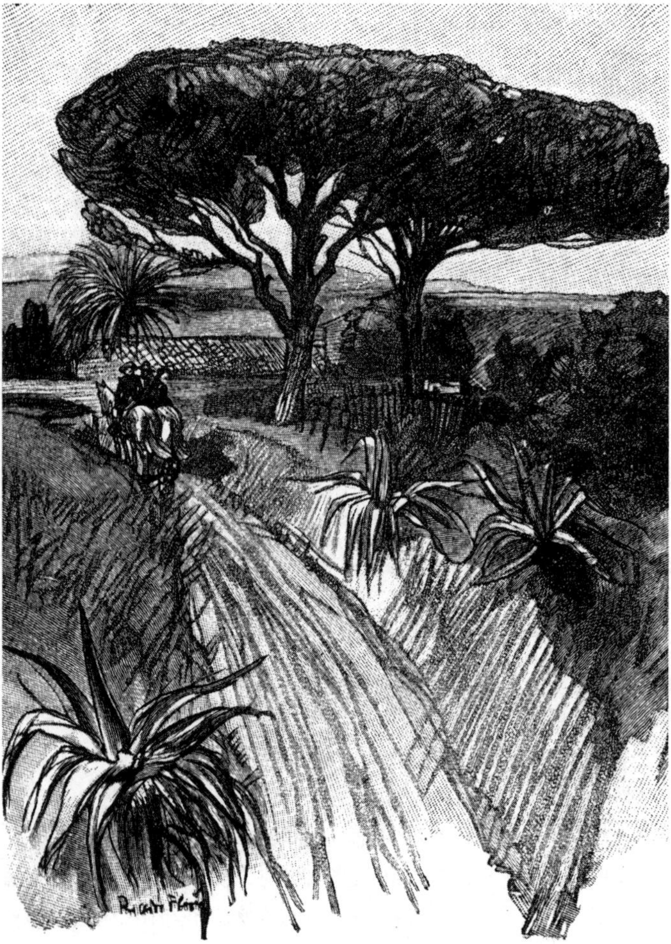

追加这个遗嘱,是因为在这最后的时刻,姨年轻时的一件陈年旧事的回忆占据了他的脑海;虽然过了那么多年,有过那么多叱咤风云的经历,但一生中这一最初的险遇给他的印象是那么强烈,在临终的时刻仍萦绕着他。请看,当他决定把最后的财产赠给他衰退的记忆力已经记不清姓名的一个忠诚的拥护者,以及几个在险恶的境遇中帮助过他的朋友时,呈现在他眼前的就是让他念念不忘的这段遥远的故事。

路易十六①刚死。科西嘉在保利②将军管制之下。保利将军是个刚烈而又暴戾的人,诚笃的保王派,仇恨大革命;而这时年轻的炮兵军官拿破仑·波拿巴正在阿雅克肖③度

---

① 路易十六:本名路易-奥古斯特·德·法兰西(1754—1793),法国国王,一七七四年至一七九三年在位;一七九三年一月二十一日被处死于巴黎,是法国波旁旧王朝的最后一个国王。
② 保利:全名帕斯瓜尔·保利(1725—1807),政治家、哲学家、军事领袖。他是科西嘉民族独立运动的推动者,一七九三年科西嘉反对法国统治暴动的主使者。法国国民公会怀疑他勾结英国,对他展开调查。他占据了卡尔维和巴斯蒂亚两个海港城市,并把科西嘉献给英王乔治三世。他亡命英国,死于伦敦。
③ 阿雅克肖:法国城市,位于法国在地中海上的科西嘉岛西海岸的阿雅克肖湾内,是拿破仑·波拿巴的故乡,现为科西嘉和南科西嘉省的首府。

假，利用他个人的影响和他家族的影响宣传新思想。

那时这个依然荒蛮的地方还没有咖啡馆，拿破仑每晚把他的拥护者们约集到一个房间里，他们一面喝着葡萄酒，嚼着无花果，一面讨论，制订计划，拟定措施，预测未来。

在年轻的波拿巴和保利将军之间已经存在某种隔阂。隔阂是这样产生的：保利将军接到攻占玛德莱娜岛[①]的命令，他把这任务交给了塞萨利上校，据说又叮嘱这位上校要让这次行动失败。拿破仑被任命为国民自卫军中校，在康扎上校指挥的部队里服役，参加了这次远征。后来他站出来猛烈抨击远征的指挥方式，公开指控长官们故意输掉了这场战事。

就是在此以后不久，几位共和国监察委员，其中包括萨利塞蒂[②]，被派到巴斯蒂亚[③]。拿破仑得知他们到来，便想去

[①] 玛德莱娜岛：科西嘉岛南端和撒丁岛北端之间的博尼法乔海峡上的一个岛屿，紧靠撒丁岛。

[②] 萨利塞蒂：全名安东-克里斯托夫·萨利塞蒂（1757—1809），法国资产阶级革命时期科西嘉选出的出席三级会议的第三等级代表。一七九三年五月他由另外两人陪同，奉派到科西嘉对保利的行为进行调查。

[③] 巴斯蒂亚：法国市镇，位于科西嘉岛的南科西嘉省，是该岛仅次于阿雅克肖的第二大城市。

和他们会晤,而且,为了做这次旅行,让他的亲信,他的最忠实的拥护者之一,从博科尼亚诺赶来为他做向导,此人名叫桑托-博奈利,又叫里西奥。

他们两人骑马动身,向保利将军驻扎的科尔泰^①进发,波拿巴想顺道去拜访他;因为他并不知道自己的长官参与了反对法国的阴谋,听到人们私下里对他表示怀疑,甚至还为他辩护;他们之间不断加深的敌意,虽然已经很尖锐,但是还没有公开。

年轻的拿破仑在保利住宅的院子里下了马,把坐骑交给桑托-里西奥,就想立即去见将军。但是,他上楼梯的时候碰到一个人,那人告诉他,现在正在举行什么会议,参加者是科西嘉主要的头头脑脑,全是共和思想的敌人。他顿时不安起来,想设法弄清楚究竟是怎么回事。正巧一个密谋分子从开会的地方出来。波拿巴便迎上去问他:"怎么样了?"那人以为他是一个同党,就回答:"成了!我们这就宣布独立,脱离法国;英国会帮助我们。"

拿破仑听了勃然大怒,跺着脚,喊道:"这是背叛,这

---

① 科尔泰:法国市镇,位于科西嘉岛的南科西嘉省的一个城市。

是无耻。"一些人闻声冲了出来。所幸都是波拿巴家族的远房亲戚。他们深知这年轻军官面临的危险,因为保利是个会立即而且彻底摆脱异己的人;于是他们围着他,逼着他下楼,上了马。

他立刻动身,回头向阿雅克肖走去,一直由桑托-里西奥陪伴着。黄昏时分,他们来到阿尔卡-德-维瓦里奥小村,在拿破仑的亲戚阿里吉神父家过夜。拿破仑把发生的事告诉了神父,并且征求他的看法,因为神父为人正直,明智善断,在全科西嘉受到普遍的尊敬。

第二天,天刚破晓,他们又上了路,走了一整天,傍晚时到了博科尼亚诺村的村口。拿破仑在那里和他的向导分手,嘱咐他早上带着马匹到两条大路的交叉口来找他,然后就到帕吉奥拉小村的菲利克斯·蒂索里家借宿。此人是他的拥护者和亲戚,他的家比较偏远。

然而保利将军已经得知年轻的波拿巴来访，并且也得知他发现阴谋以后所说的激烈的话。他派马里奥·佩拉尔迪立即动身去追赶，不惜任何代价也要阻止他到达阿雅克肖或者巴斯蒂亚。

马里奥·佩拉尔迪比拿破仑早几个小时到达博科尼亚诺，去了莫莱里家。这个家族很有势力，是拥护将军的。他们很快就知道年轻的军官到了村里，在蒂索里家过夜。这时莫莱里家族那个强悍可怕的族长已经得知保利将军的命令，向将军派来的人保证：拿破仑跑不了。

天一亮，他就把他的人布置好，控制了所有的大路，所有的出口。波拿巴由主人陪着走出来，去找桑托－里西奥；不过蒂索里有点不舒服，头上裹着一块手帕，很快就跟他告别了。

等只剩下年轻军官独自一人，马上就有一个人走过来向他报告：一些将军的拥护者在附近的一个客栈里聚集，正要上路去科尔特和将军会合。拿破仑走到了他们那儿，发现他们果然已经集合好，便对他们说："去吧，去找你们的领袖吧，你们做的是一件伟大而又崇高的事。"可就在这个时候，莫莱里家族的人冲进屋，向他扑过来，抓住他，把他带走。

正在两条大路的交叉口等候他的桑托-里西奥，立刻得知他被捕；便跑去找一个名叫维扎沃纳的波拿巴的拥护者，他知道此人能帮助他，而且他的家就在将要关押拿破仑的莫莱里的住所附近。

桑托-里西奥明白形势极其严峻，他说："如果我们不能立刻把他救出来，他就完了，也许出不了两个钟头他就死了。"于是维扎沃纳去找莫莱里家的人，巧妙地向他们探听；由于莫莱里家的人不愿说出他们的真正意图，他就用花言巧语说动他们，容许年轻人来他家吃点东西，他们尽可在房子外面警戒。

大概是为了更好地掩饰自己的计划吧，他们同意了；他们的族长，那唯一知道将军意图的人，把监视房屋的任务交给他们，自己则回家去做出发的准备。

正是他的离去，几分钟后救了囚犯的命。

与此同时，桑托-里西奥以其科西嘉人的天然的忠诚、了不起的冷静和大无畏的勇气，做着营救他的伙伴的准备。他联络了两个像他一样勇敢而又忠诚的年轻人做助手，把他们秘密带进挨着维扎沃纳家房子的一个花园，藏在一堵

墙后面；然后他就神色泰然地走到莫莱里家族的人那里，要求允许他跟拿破仑告个别，既然他们就要带走他。

他们答应了他的要求；他一见到波拿巴和维扎沃纳，就力陈自己的计划，催促拿破仑逃跑，些许的延误都会危及他年轻的生命。三个人立刻溜进马厩；到了门口，维扎沃纳热泪盈眶，拥抱他的客人，对他说："愿天主救您，我可怜的孩子，只有天主能救您了！"

拿破仑和桑托－里西奥匍匐着前进，和隐伏在墙根的两个年轻人会合；然后，他们鼓足了劲，撒开双腿，向附近荫蔽在一片树林里的一个水池逃去。不过他们不可避免地要从莫莱里家族的人眼前经过；这些人发现了他们，大声疾呼着追赶他们。

这时莫莱里族长已经回到自己家里，听见他们呼叫，一切都明白了，立刻冲出来，一脸凶相。他的妻子，波拿巴过夜的蒂索里家的一个姻亲，扑倒在他脚边，苦苦哀求，要他饶那个年轻人一命。

他怒火正旺，一把推开她，就向屋外冲，而她始终跪着，抓着他的双腿，用两条绷紧的胳膊拼命搂住；后来，尽管她遭到殴打，被推翻在地，但她还是死拖硬扯着丈夫；她丈夫也倒在她身旁。

如果没有这个女人的力量和勇气，拿破仑就完了，整个现代史也就要改写！人类的记忆也就无须记住那些辉煌大捷的名称！数百万生灵也就不会死在炮口下！欧洲地图也就不再是这样！谁能知道我们今天会是在什么政治制度下生活？

但是莫莱里家族的人就要赶上逃跑的人。桑托－里西奥勇敢无畏，背靠一棵栗树的树干，对付他们，同时向两个年

轻人喊着快把波拿巴带走。但是拿破仑拒绝抛弃他的向导。这位向导就一边瞄准敌人，一边怒吼：

"你们俩，快带他走，抓住他，把他的手和脚都捆起来！"

这时他们被赶上，被包围，被抓住。一个名叫奥诺拉托的莫莱里家族的追随者，用手枪抵着拿破仑的太阳穴，大喊："处死祖国的叛徒！"可是就在这时，曾经接待波拿巴的那个人，菲利克斯·蒂索里，接到一个替桑托-里西奥传信的人的通知，由几个带着武器的亲戚助威，赶到了。看到情况危急，同时也认出威胁他客人生命的那个人是自己的舅兄，他便用枪瞄准他，对他高喊：

"奥诺拉托，奥诺拉托，看来事情要在我们两人之间解决了。"

对方受到意外的袭扰，正犹豫着要不要开枪，桑托-里西奥趁着混乱，让他们双方去争斗或解释吧，他奋力抱住仍不想离开的拿破仑，在两个年轻人的帮助下，拖着他，钻进灌木丛。

一分钟以后，摆脱了妻子纠缠的莫莱里族长终于怒气冲冲地跑来，和他手下的人会合。

这时候，几个逃跑的人已经穿行在高山、沟壑和丛林。等他们觉得安全了，桑托-里西奥就让两个年轻人回去，第二天带着马匹到乌恰尼桥桥头等他们。

在他们要离去的时候，拿破仑走过来，对他们说：

"我将要回法国，你们愿意跟我一块儿去吗？不管我将来有多少财富，你们都会和我共享。"

他们回答他：

"我们的生命是属于您的；在这儿，您要我们做什么都行，但是我们不能离开自己的故乡。"

这两个忠诚纯朴的小伙子就回博科尼亚诺去找马匹，而波拿巴和桑托-里西奥则继续他们艰难的行程。形形色色的障碍，使得在这荒野多山的地方赶路非常艰辛。他们途中停了一下，在芒西尼家吃了点面包，然后在傍晚时分到达乌恰尼，住在波佐利家，这家人都拥护波拿巴。

第二天，拿破仑醒来，发现房子周围都是带着武器的人。原来是主人家的亲戚和朋友；他们准备护送他，哪怕为他赴汤蹈火。

马匹已经等候在桥头；这支小队伍就上路了，一直把几个逃跑的人护送到阿雅克肖城郊。天黑以后，拿破仑就潜入城内，躲到市长让－热罗姆·莱维家。莱维把他藏在一个壁橱里。这谨慎的做法还真有必要，因为警察第二天就来了。他们到处搜索，什么也没找到，就放心地撤走了；市长还装作义愤填膺，殷勤地要帮助他们找到那个年轻的叛逆分子，巧妙地把他们引往错误的方向。

当天晚上，拿破仑就乘坐一叶轻舟，渡到海湾对岸，被托付给巴斯特利卡村的科斯塔家，藏在灌木丛里。

所谓他曾在卡比泰罗碉楼里顶住围攻的故事，被导游们激动人心的叙述弄得沸沸扬扬，其实纯粹是戏剧性的杜撰，尽管和那些充满想象的印刷品提供的情况一样言之凿凿。

几天以后，科西嘉宣告独立，波拿巴家的房子被放火烧掉，逃亡者的三个妹妹被交给里科神父看管。

不久，一艘法国战舰沿着海岸把最后一批亲法者接过来时，把拿破仑也接上了船，把这个被追杀的亲法者带到了本土。他注定要成为皇帝和神奇的将军，他的发迹将把世界弄个天翻地覆。

剥皮刑犯的手*

* 本篇首次发表于一八七五年《洛林季风桥年鉴》,作者署名"约瑟夫·普吕尼埃";一九〇八年首次收入路易·科纳尔出版社出版的莫泊桑全集《羊脂球》卷。

大约八个月以前的一天晚上,我的朋友路易·R……约了几个初中时代的同学小聚;我们一边喝着潘趣酒①、抽着烟,一边谈论着文学、绘画,并且像年轻人聚会时常见的那样,不时地讲些笑话。忽然,房门大开,我的一个童年好友像一阵风似的冲了进来。

"你们猜我是从哪儿来。"他一进门就大声叫嚷。

一个人应声道:"我敢打赌,你从玛毕耶②来。"

又一个人接着说:"不,看你这个高兴劲儿,肯定是刚借到钱,或者刚埋了你叔叔,要不就是刚把你的手表抵押给了你婶娘③。"

---

① 潘趣酒:一种用朗姆酒加糖、红茶、柠檬、桂皮等调制的饮料。
② 玛毕耶:此处指由舞蹈家玛毕耶于一八四〇年创立的著名大众化舞厅。
③ 婶娘:当铺的一种俗称。

第三个人力排众议:"你已经喝得晕晕乎乎,闻到路易这儿有潘趣酒香,就上楼来想接茬儿喝。"

"你们都没有猜对,我是刚从诺曼底①的P……村回来,我在那儿待了一个星期,还从那儿带来一位了不起的罪犯朋友,请允许我向你们引见一下吧。"

说到这儿,他从衣袋里掏出一只剥了皮的手;这只手很可怕,黢黑、干瘪,长长的,似乎已经萎缩;肌肉特别强劲,里外都被一绺羊皮纸般的皮肤拉扯着;指甲黄黄的、窄窄的,仍然留在手指尖上;这一切让人隔着一法里就能闻到恶人的气味。

"你们可知道,"我的朋友说,"有一天我赶上拍卖当地一位非常著名的老巫师的遗物。这巫师每个星期六都骑着扫帚柄去参加巫魔夜会②;他既善神术也会妖法,能让母牛流

---

① 诺曼底:法国西北部的一个具有历史和文化传统的地区,西临拉芒什海峡,地域大致相当于现在的诺曼底大区,包括奥恩省、卡尔瓦多斯省、芒什省、滨海塞纳省和厄尔省。莫泊桑就出生于诺曼底,他的许多作品都以该地区为背景。
② 巫魔夜会:中世纪传说的巫师、巫婆在魔鬼主持下举行的集会。

出蓝色的乳汁,还能让它们长出圣安东尼的伙伴①那样的尾巴。这老恶棍却对这只手情有独钟。据他说,这是一个在一七三六年被判处酷刑的有名的犯人的手;这家伙把自己的合法妻子头朝下扔到井里,从而犯下了重罪。他这么干我倒觉得没有什么错,可是后来他又把曾为他主持婚礼的本堂神父吊死在教堂的钟楼上。干了这两桩大事以后,他就去闯荡江湖。在他短暂然而恶迹满满的生涯里,他抢劫过十二个行路人,在一座修道院用烟熏死

---

① 圣安东尼的伙伴:指猪。传说中基督教圣徒安东尼在尼罗河附近德巴意旷野隐修时以猪为伴。莫泊桑在作品中常提到圣安东尼和他的猪,显然是受了他的恩师福楼拜在一八七四年发表的长篇小说《圣安东尼的诱惑》的影响。

二十来名修道士,并且把一座女隐修所变成了后宫。"

"不过你拿这可恶的东西来有什么用呢?"我们诧异道。

"当然有用,我要拿它做门铃的拉手,好吓跑我的债主们。"

"朋友,"性格沉稳的高个儿英国人亨利·史密斯说,"依我看,这只手不过是用新方法保存下来的印第安人的肉,我建议你还是拿它熬一锅肉汤。"

"别开玩笑了,先生们,"一个已经喝得七八分醉的医科大学生竭力用最冷静的语气说,"你呢,皮埃尔,要是让我给你出个主意的话,快把这段人的残骸按照基督教的礼仪埋掉,免得它的主人来向你讨还;况且这只手也许已经染上了恶习,因为你也知道这句谚语:'一朝开杀戒,还会再杀人。'"

"是呀,一朝喝过酒,还会再喝酒。"聚会的东道主紧接着说。他一边说,一边给这个大学生斟满一大杯潘趣酒;对方一饮而尽,烂醉如泥地倒在桌子底下。

这个下场引起哄堂大笑。而皮埃尔则举起酒杯,向那只手致敬,并且说:"我为你的主人即将光临而干杯。"

接着大家又聊了些别的话题,便各自归去。

第二天,我路过皮埃尔家门前,就走了进去。那时约莫

两点钟的光景,我见他正一面读书一面抽烟,便问:

"喂,你好吗?"

他回答:"很好。"

"你那只手呢?"

"我那只手?你应该看到了,它就系在我的门铃上,我昨天晚上回家以后就拴上了。不过,说到这件事,你可知道,不知哪个白痴,大概是跟我恶作剧,半夜里来拉响我的门铃;我问谁在那儿,没有人回答,我就又躺下,又睡着了。"

就在这时,有人拉响门铃,是房东,一个鲁莽无礼的家伙,他进来也不跟人打一声招呼。

"先生,"他对我的朋友说,"我请您立刻把拴在门铃绳上的那块死尸取下来,不然我就不得不请您搬走了。"

皮埃尔非常严肃地回答:"先生,您是在侮辱一只不该受到侮辱的手;您要知道它属于一个非常有教养的大人物哩。"

像他进来时那样,房东一转身,招呼也不打就走了出去。皮埃尔紧跟着他走出去,把那只手取下来,系在卧室床边的铃绳上。

"这样更好,"他说,"这只手,就像特拉伯苦修会①修士的那句'兄弟,该死了'②一样,每晚都能让我在入睡以前进行一些严肃的思考。"

聊了一个小时,我就离开,回自己的住所。

这天夜里我睡得很不好,辗转反侧,心神不宁,有好几次猛地惊醒,甚至有一会儿以为有个人溜进了我家,于是起身向衣橱里和床底下察看。早晨六点钟光景,我终于开始昏昏入睡的时候,有人猛敲了一下房门,震得我一骨碌跳下床。原来是我朋友的用人,他连衣服都没穿好,脸色煞白,浑身哆嗦着。

"先生呀!"他一面呜咽一面大嚷,"我可怜的主人被人杀害了。"

我急忙穿上衣服,跑到皮埃尔的住处。那里已经挤满了人,探讨着,争辩着,不停地扰攘着,每个人都侃侃而谈,以各自不同的方式叙述和评论着这个意外事件。我好不容易

---

① 特拉伯苦修会:又称缄口苦修会,一一四〇年创立于法国索利尼市的特拉伯圣母院,主张终身素食,足不出院。修士们严守苦行,只做祈祷、礼拜和体力劳动。
② 特拉伯修士就寝前互相打招呼的惯用语。

才挤到卧室前，门口有人把守，我报了姓名，才让我进去。四名警员站在卧室中央，人手一个记事本，他们在进行侦查，不时地低声交谈，并且做着笔记。两位医生在床前讨论着，皮埃尔毫无知觉地躺在床上。他没有死，但他那样子十分吓人。眼睛瞪得老大，扩大的瞳孔好像在凝视一件可怕而又陌生的东西，流露出莫名的恐惧，手指紧攥着，身体从下巴起盖着一条被单。我揭开被单，只见他脖子上有五个深深嵌进肉里的手指印，几滴血染红了他的衬衫。这时，一件东西让我吃了一惊，我无意中看到他卧室床边的铃铛，但那只剥了皮的手却不见踪影。大概是医生们把它取了下来，免得刺激进入伤者卧室的人吧，因为那只手实在可怕。我没有打听它的下落。

现在我剪下某报第二天关于这桩罪案的报道，警方所能获得的细节已经悉数披露于其中。该报道是这么写的：

昨日发生一桩骇人听闻的凶案，受害者是一年轻人，皮埃尔·B……先生，法科大学生，出身于诺曼底名门世家。该年轻人于晚十时左右返回住处，声称身体疲倦，行将就寝，打发用人布万先生退去。午夜时分，后者突被主人发疯般拉响的铃声唤醒。他亦恐惧，点亮一盏灯，等着。铃声沉默大约一分钟，继而又激烈地震响，吓得这用人失魂落魄，连忙冲出其卧室，唤醒看门人；后者即跑去报警。约一刻钟后，两名警员破门而入。

一幕可怕景象呈现在他们眼前：家具东歪西倒，一切迹象显示受害人曾与凶犯进行一场搏斗。卧室中央，年轻的皮埃尔·B……一动不动地仰面躺在地上，四肢僵硬，面无血色，两眼恐怖地大睁着，颈部有五个深深

的手指印。立即应招赶来的布尔窦医生报告称，袭击者想必具有非凡的体力，而且他的手异常精瘦和刚劲，因为在颈部留下五个弹洞般窟窿的手指，掐入肌肉以后又几乎碰在一起。目前尚无任何凭据猜想犯罪动机，也无法推测罪犯为何人。司法当局正在侦讯。

第二天人们在同一家报纸上又读到：

> 昨日本报叙述之凶案的受害人皮埃尔·B……先生，经布尔窦医生两小时精心治疗已恢复知觉。其生命已脱离危险，唯神志十分堪虑。仍无关于罪犯的任何线索。

的确，我可怜的朋友疯了；七个月的时间里，我每天都去医院看望他，但他没有一丝恢复神志的迹象。疯狂发作时，他偶尔冒出几句古怪的话，而且像所有的疯子一样，他有一个执拗的想法，总以为有个幽灵在追逐他。一天，有人急匆匆地跑来找我，告诉我他的情况更糟了。我果然发现他已经气息奄奄。头两个小时里，他都非常平静；可是突然，他从床上坐起来，我们摁也摁不住，他就像遭遇到什么极度恐怖的事情，一边挥动双臂一边叫嚷："抓住它！抓住它！它要掐死我啦，救命呀，救命呀！"他号叫着在房间里跑了两圈，接着便倒下死去，脸朝地面。

他是孤儿，我就负责把他的尸体运往诺曼底的小村庄P……，他的父母都埋葬在那里。他发现我们在路易·R……家饮潘趣酒、把那只剥了皮的手拿给我们看的那个晚上，就是刚从这个村子回来。他的尸体封闭在一口铅质的棺材里。四天以后，我和给他上过启蒙课的老本堂神父在小墓园里凄然地漫步。有人正在那里为他挖掘

墓穴。天气好极了，湛蓝的天空阳光四溢，鸟儿在一片坡地的树莓丛中放歌。我俩都是孩子的时候，曾多少次来这里采树莓吃。我仿佛又看见他沿着树篱溜过来，然后到那边，埋葬穷苦人的那块地的尽头，从我十分熟悉的一个小洞钻进去；等我们回家时，脸和嘴都让莓汁染黑了。我向树莓丛看去，正是果实满枝，便不由自主地摘下一粒放进嘴里。本堂神父已经打开他那本日课经，正低声念着祈祷文；不过我还听得见小径那一头掘墓人的锹声。忽然，听到他们呼叫我们，本堂神父合上经书，我们赶过去看发生了什么事。原来他们发一口棺材。他们一锹挖崩了棺材盖。我们看到一具奇长的尸骸仰面躺在棺底，他那凹陷的眼睛似乎还在看我们，向我们挑战。我顿时有一种不舒服的感觉；不知为什么，我简直有些恐惧。

"哎呀！"这时一个掘墓人嚷道，"你们看，这家伙有一只手腕被砍断了，砍下的手就在这里。"说着，他从尸体旁捡起一只已经干枯的手，给我们看。

"嘿，"另一个笑着说，"他好像在看你，要跳起来掐你的脖子，要你把他这只手还给他呢。"

本堂神父说："好啦，朋友们，让死者安宁些吧，快把棺材盖好，咱们另找地方给可怜的皮埃尔先生挖墓穴吧。"

第二天我把一切料理完毕，就动身返回巴黎。行前我给老本堂神父留下五十法郎，请他做几遍弥撒，让被我们惊扰了尸骨的那个人的灵魂得以安息。

"甘草露,甘草露,清凉的甘草露!"*

* 本篇首次发表于一八七八年九月十四日的《马赛克》周刊,作者署名"吉·德·瓦尔蒙";一九〇八年首次收入路易·科纳尔出版社出版的莫泊桑全集《羊脂球》卷。甘草露是将甘草浸泡在柠檬水中制成的清凉饮料,十八世纪末至十九世纪末盛行一时。

我听人说过我叔叔奥利维埃临死时的情形。

我知道,那是在七月,骄阳似火,百叶窗紧闭的大卧室里一片昏暗。当他慢慢地、静静地咽气时,在那炎热的夏日午后令人窒息的宁静中,忽然街上传来清脆的铃声,一个响亮的声音划破闷人的溽暑,喊道:"清凉的甘草露!太太们,快来解热消暑呀!甘草露,甘草露,谁要甘草露?"叔叔身子动弹了一下,一种类似微笑的东西让他的嘴唇嚅动了一下,一缕最后的喜悦在他眼里闪亮了一下,紧接着他就闭目长眠了。

我参加了遗嘱启封的仪式。堂兄雅克理所当然地继承了他父亲的财产。作为纪念,赠给我父亲几件家具。遗嘱的最后一项条文是关于我的,内容是:"我给侄子皮埃尔留下几页手稿,这份手稿可在我的写字桌左边的抽屉里找到;另

有五百法郎给他买一支猎枪；还有一百法郎请他替我交给他遇见的第一个卖甘草露的小贩！……"

这最后一条让满座的人大惑不解。不过交给我的那份手稿对这项令人惊讶的遗赠做出了解释。

我就原原本本把它抄录如下：

人类总是生活在迷信的桎梏之下。他们过去认为世间有一个孩子出生，天上就会有一颗星星点亮；这颗星将追随他一生的祸福荣辱，它明亮表示他幸福，它暗淡表示他受苦。他们现在相信彗星、闰年、星期五以及"十三"这个数字的影响。他们认为某些人会施魔法，抛毒眼①。有人说："每次遇到他，总给我带来不幸。"

---

① 抛毒眼：有一种迷信，认为有的人的眼睛看了人会给人带来厄运。

这一切千真万确。我对此深信不疑。不过我要说明的是：我并不相信有什么生物或非生物的神秘影响力，但是我相信有鬼使神差般的巧合。可以肯定，正是巧合让一些重大事件在彗星造访我们天空时或者在闰年里发生；某些天灾人祸碰巧落在星期五，或者和"十三"这个数字碰在一起；同某些人相遇往往同某些现象的反复出现不谋而合；等等。诸多迷信就是由此产生。迷信所以形成，就因为人们看事情片面而又肤浅，把巧合本身当成了原因，而不做深入的探究。

至于我，我的星宿，我的彗星，我的星期五，我的"十三"，我的巫师，却千真万确是一个卖甘草露的小贩。

听说我出生的那一天，有个卖甘草露的在我家窗前叫卖了一整天。

八岁时有一天，我跟保姆去香榭丽舍大街①散步，当我们横穿大街时，有个干这一行的人突然在我背后摇

---

① 香榭丽舍大街：巴黎最繁华的一条东西向的林荫大道，约两公里长，东起协和广场，西至星形广场，是巴黎的一条重要的轴心。

响铃铛。保姆正在看远处走过的一队士兵,我回过头去看那卖甘草露的小贩。就在这时,一辆闪电般耀眼和迅疾的双驾马车向我们冲过来。车夫叫喊了一声,保姆没有听见,我也没有。我觉得自己被撞倒,翻了几个滚儿,伤得不轻……但是,我至今也不明白是怎么回事,我竟然到了那卖甘草露小贩的怀里;而他为了安抚我,还把我的嘴对准龙头,灌了我几口甘草露……这样一来我就全好了。

我的保姆却被撞断了鼻梁骨。即使她继续看那些士

兵，那些士兵也不会再看她了。

十六岁那年，我刚刚买了我的第一支猎枪。开猎的前夕，我挽着老母亲去公共马车站。她患风湿病，走得很慢。忽然，我听见我们身后有人叫喊："甘草露，甘草露，清凉的甘草露！"喊声越来越近，就像在跟着我们，追赶我们！我感到它似乎是冲着我来的，是对我的一种人身攻击，一种侮辱。我相信人们正在看着我，笑话我呢。而那小贩仍然连声叫喊着："清凉的甘草露！"分明是在嘲笑我的铮亮的猎枪、新的猎物袋和崭新的栗色丝绒猎装。①

坐进马车，我还听见他在吆喝。

第二天，我一只猎物也没打到，倒把一条奔跑的猎狗错当成野兔击毙，把一只小母鸡误以为山鹑打死。有一只小鸟落在树篱上，我立马开了一枪，它飞了；不过一声凄厉的哞叫吓得我呆若木鸡，这叫声一直持续到深夜……唉！我父亲不得不赔一个穷苦农夫一头母牛。

二十五岁那年，一天早上，我看见一个卖甘草露的

---

① 此句中的"清凉"，法语为frais，也可作"崭新"解，因此被理解为影射。

老人，满脸皱纹，腰弯背曲，步履维艰，拄着一根木杖，仿佛快被水罐压垮了似的。在我看来，他就像一个神灵，世上所有甘草露小贩的族长、始祖、大首领。我喝了一杯甘草露，付给他二十个苏①。一个深沉的声音，就好像从老人背着的马口铁水罐里发出来似的，呻吟着说："这会给您带来好运，亲爱的先生。"

就在那一天，我认识了我妻子，她让我生活得总是那么幸福。

最后说说一个甘草露小贩是如何妨碍我成为省长的。

一场革命刚刚过去。我忽然萌生出做公众人物的欲望。我家道富足，颇有人望，又认识一位部长；于是我请求他惠予接见，并说明拜访所为何事。部长十分爽快地允诺。

到了约定的日子（那是夏天，酷热难当），我穿着一条浅色长裤，戴着一副浅色手套，脚上是一双漆皮包头、浅色呢高帮的皮鞋。路面晒得发烫。人行道都熔化了，脚踩在上面就往下陷。笨重的洒水车把马路变成了

---

① 苏：法国旧时辅币，五生丁等于一个苏，二十个苏等于一法郎。

污水坑。清洁夫每隔一段把这人造热泥浆堆成一堆儿，然后推到阴沟里。我心里只想着接见的事，走得很快，遇到一条夹带着垃圾滚动的污流，我使足劲，一……二……这时，突然一声尖叫，吓人的尖叫，刺进我的耳膜："甘草露，甘草露，甘草露，谁要甘草露？"像所有受了意外惊吓的人一样，我不由自主地晃动了一下，滑倒了……这真是件可悲而又难堪极了的事……我一屁股坐在稀泥浆里……裤子变成了深色，白衬衫溅满泥浆，帽子在我身边漂浮。那撒疯般的、嘶哑的声音依然在喊叫："甘草露，甘草露！"而在我面前有二十来人，笑得前仰后合，还冲我做出各种可怕的鬼脸。

我连忙跑回家，换了衣裳，但接见的时间已经过了。

手稿结尾这样写道：

我的小皮埃尔，交一个卖甘草露的朋友吧。至于我，只要在临死那一刻听到一个甘草露小贩吆喝，就可以心满意足地离开这个世界了。

第二天我在香榭丽舍大街遇到一个苍老的背着罐儿叫卖甘草露的小贩，看上去十分可怜。我把叔叔那一百法郎给了他。他惊讶得打了个哆嗦，然后对我说："非常感谢您，少爷，这会给您带来好运的。"

我的妻子 *

* 本篇首次发表于一八八二年十二月五日的《吉尔·布拉斯报》,作者署名"莫弗里涅斯";一九〇八年首次收入路易·科纳尔出版社出版的莫泊桑全集《泰利埃公馆》卷。

那是一次男人们的晚餐快要结束的时候，在座的都是已婚的男人，老朋友，他们隔一段时间就相约聚会，不带妻子，就像从前还是单身汉时一样。他们吃了很长时间，喝了很多酒；他们无所不谈，把陈年的愉快往事都翻了出来，那些火辣辣的往事让他们禁不住地露出微笑，心头战栗。一个人问：

"乔治，你还记得我们跟两个蒙马特尔的姑娘去圣日耳曼①郊游吗？"

"嗨！我当然记得。"

于是他们回忆起一些细节，东一桩西一桩，千百桩至今

---

① 圣日耳曼：全名圣日耳曼－昂－莱，巴黎西郊塞纳河畔的一个市镇，今属法兰西岛大区伊夫林省。

还让人乐不可支的小事接踵而来。

他们谈起结婚,每个人都由衷地感叹:"啊!要是能重新开始多好!……"乔治·杜波坦接着说:"真不可思议,怎么就那么轻而易举地陷了进去。本来下定决心永远不娶老婆;后来,春天动身去乡下;天暖和起来;夏天到了;草地上花开了;在朋友家遇到一个年轻姑娘……吧嗒!生米做成了熟饭。回来时已经结了婚。"

皮埃尔·莱图瓦勒大喊:"说得对,我的经历正是如此,只不过细节有些特别……"

他的朋友打断他的话,说:"你嘛,你就别抱怨啦。你妻子是世上最可爱的了,又漂亮,又讨喜,完美无缺;你肯定是我们中间最幸福的人。"

皮埃尔·莱图瓦勒接着说:

"这也不是我的错。"

"这话从何说起?"

"不错,我有一个十全十美的妻子;不过我娶她也是迫不得已。"

"别瞎说了!"

*

确实如此……事情是这样的。那时候我三十五岁,就像我不想上吊一样,我同样也不想结婚。在我看来年轻姑娘们都很乏味,而我酷爱的就是找乐子。

五月里,我应邀去诺曼底,参加表弟西蒙·德·艾拉贝尔的婚礼。那是一场真正的诺曼底的婚礼。傍晚五点钟入席,十一点钟还在吃。人们临时安排我和一个姓杜穆兰的姑娘做对儿,她是一个退休上校的女儿,一头金发、颇有军人风度的年轻人,精力充沛,胆子大,说起话来喋喋不休。她缠了我整整一天,把我拖

到公园里，不管我乐意不乐意，硬要我跟她跳舞，弄得我厌烦死了。

我心想："今天就算了，明天我就溜之大吉。这已经够了。"

十一点光景，妇女们都回到各自的房间；男士们留下，一边喝酒一边吸烟，或者一边吸烟一边喝酒，随您怎么说。

从敞开的窗户，看得到外面的乡村舞会。村夫村妇们围成一个圆圈蹦蹦跳跳，扯着嗓门唱着粗野的舞曲；两个小提琴手和一个吹单簧管的，站在当作乐台的一张大厨案上，轻声地给他们伴奏。农民们嘈杂的歌声时不时完全盖过演奏声；微弱的乐器声被放纵的歌喉撕破，像音符散裂成碎块自天而落。

两个大酒桶，四周围着熊熊的火炬，供这群人畅饮。两个男人忙着在一个小木桶里洗涮杯碗，洗完了立刻递到流出红色葡萄酒和纯金色苹果酒的龙头下面；口渴的跳舞的人，平静的老人，浑身是汗的姑娘们，你拥我挤，伸出胳膊，随便抓起一个酒罐，就仰起脸，大口大口地往喉咙里灌他们最爱喝的那种饮料。

一张桌子上放着面包、黄油、奶酪和香肠。每个人都不时地吞一大口食物。在星光闪闪的夜空下,这健康而又活跃的舞会让人看着开心,让人生出食欲,便想喝一点大桶肚子里的酒,吃一点抹黄油夹生葱头的农家面包。

我突然生出一种强烈的欲望,想去分享一下这良辰美食,于是离开了我的这帮伙伴。

我得承认,也许我已经有点醉了;不过我很快就完全醉了。

我先抓住一个身强力壮、气喘吁吁的农妇的手,跟她疯狂地蹦跳,一直跳到我透不过气。

接着,我喝了一口葡萄酒,又抓住另一个快活的女人。为了凉快凉快,我又喝了满满一碗苹果酒,然后就像着了魔似的蹦跳起来。

我很灵活;小伙子们欣喜若狂,一边欣赏,一边试图模仿我;姑娘们都想跟我跳舞,她们跳起来像母牛一样笨重,别有一种风趣。

跳了一圈又一圈,喝了一杯葡萄酒又喝一杯苹果酒,最后,凌晨两点钟的时候,我已经醉得不轻,站也站不稳了。

我意识到自己情况不妙,我想回自己的房间。古堡已经沉沉入睡,静悄悄,阴森森。

我身上没带火柴。所有人都睡了。刚走到门厅,我就一阵头昏眼花,费了好大劲也找不到楼梯扶手;我摸索着,终于偶然碰到了它。我在第一阶楼梯上坐下,想稍微理一理自己的思想。

我的房间在三楼,左边第三个门。

幸好我没有忘记这一点。就因为记得房间位置,我才很有信心。虽然也不是不吃力,我还是站起身,开始往上爬,一个梯阶一个梯阶,两手紧抓住铁栏杆,以防跌倒,心里一直想着别弄出响声。

不过有三四次我的脚踏错了高度,我的两个膝盖着地扑倒在楼梯上;幸亏我的两个胳膊有力,而且我的意志一直很紧张,才没有一骨碌滚下去。

我终于爬到三楼。我摸着墙,在楼道里懵里懵懂地往前走。这儿是一个门,我数着:"一。"可是我一阵晕眩,离开了墙,绕了一个奇怪的圈儿,糊里糊涂碰到另一面墙。我想回到正路上来。这段路走得很艰难,费了很长时间。我终于又摸到原来这面墙,开始重新小心翼翼地顺着往前走。我碰到了另一个门。为了肯定不会弄错,我又数,而且大声地数了一声:"二。"我接着往前走,终于找到了第三个门,我数道:"三,这是我的门。"我把钥匙捅到锁眼里一拧。门开了。尽管还头脑昏昏,我想:"既然这扇门开了,我肯定来到自己的房间了。"我轻轻地关上门,在黑暗里往前走。

我碰到了什么柔软的东西:我的长沙发。我立刻就一头倒在上面。

处在我这种情况，我不可能坚持找到我的床头柜、我的蜡烛台、我的火柴。非要那么做，我至少得花上两个小时。我还得花上同样的时间脱掉衣服，也许想脱也脱不掉。我干脆什么也不做。

我只脱掉短筒皮靴，解开勒得我喘不过气的坎肩的纽扣，松开裤带。我困得受不了，马上就睡着了。

想必过了很久。我突然被一个人的震耳欲聋的声音惊醒，只听这声音在我身旁说："怎么，懒丫头，还在睡！已经十点钟了，知道吗？"

一个女子的声音回答："已经十点了吗？我昨天累坏了。"

我大吃一惊，寻思着这对话是怎么回事。

我这是在哪儿？我干了什么事？

我的神志仍然像裹在一堆浓云里似的，飘飘忽忽。

第一个声音又说："我去给你打开窗帘。"

我听见脚步声在向我接近。我吓得不知所措，坐了起来。这时，一只手搁在我的脑袋上。我猛地一动。那个声音严厉地问道："谁在这儿？"我没有回答。两只愤怒的手抓住了我。我也搂住那个人，于是开始了一场恶斗。我们在地上打滚，碰翻了家具，猛撞着墙壁。

那女人声嘶力竭地叫喊："救人啊！救人啊！"

几个用人跑了过来，还有邻近房间的先生们和发了疯似的女士们。百叶窗打开了，窗帘也都拉开了。我正和杜穆兰上校扭作一团！

原来我在他女儿的床边睡了一夜。

人们把我们拉开以后，我就连忙逃到自己的房间里，已经惊吓得六神无主。我把自己反锁在房间里，坐下来，两只脚搁在一张椅子上，因为我的短筒皮靴落在那个年轻姑娘的房间里了。

我听见整个古堡里一片嘈杂：有开门声、关门声、窃窃私语声，还有急促的脚步声。

过了半小时，有人敲我的房门。我喊了一声："谁呀？"是我的舅父，昨晚新郎的父亲。我开了门。

他气得脸色苍白，恶狠狠地对我说：

"你在我这儿的行为简直就像个下流坯，你听见了吗？"

接着，他把声音缓和了些说：

"你这个笨蛋,怎么让人家上午十点钟抓住呢,完……完了事……还不赶快走,还像块木头疙瘩似的,在那个房间里蒙头大睡。"

我喊道:"不是,舅舅,我向您发誓,什么事也没有发生……我只是喝醉了,进错了门。"

他耸了耸肩膀:"算了吧,别说蠢话了。"我举起手来说:"我以我的名誉担保。"可是舅父接着说:"是的,这很好。你必须这么说。"

轮到我恼火了,我向他讲述了事情的整个经过。他睁大了惊讶的眼睛,不知道是不是应该相信我的话。

然后,他就走出去跟上校商量。

我后来听说当地成立了一种母亲法庭,这类事每一步都要提交这个法庭审理。

一小时以后舅父回来了。他以法官的姿态坐下来,开始说:"不管怎么样,在我看来你只有一个办法能摆脱困境,就是娶杜穆兰小姐。"

我吓了一跳,大喊:"这绝对不可能!"

舅父严肃地问:"那你打算怎么办?"

我直截了当地回答:"怎么办……等他们把皮靴还

给我,我一走了事。"

舅父接着说:"别开玩笑了。上校已经下定决心,一看见你,就一枪把你脑袋打开花。你能肯定他是说着玩的吗? 我跟他谈过举行一场决斗。他回答我:'不,我跟你说过,我要一枪把他脑袋打开花。'

"咱们还是从另一个角度来考虑一下问题吧。

"或者是你引诱了这个女孩,那你活该,我的孩子,女孩子是惹不得的。

"或者像你说的,你喝醉了酒,走错了房间。那你就更活该。本来就不该把自己陷于这么荒唐的境地。

"无论怎么说,那个女孩子的名誉受到伤害,因为人们绝不会接受一个醉鬼的解释。真正的受害者,这桩事里唯一的受害者,是她。你考虑吧。"

舅父说完就走出去,任我在他背后叫嚷:"您爱怎么说怎么说吧,反正我不会娶她。"

我又独自一人在房间里待了一个小时。

接着轮到我舅妈来了。她痛哭流涕。她说尽了千般道理。谁都不相信我走错了门。人们也不会承认一个年轻姑娘竟然在住满宾客的楼房里忘了锁门。上校打了她。她从早上起一直哭个不停。这实在是一桩可怕的丑闻,抹也抹不掉。

我的好心的舅妈接着说:"你就向她求婚吧。讨论婚约的条款时,也许能找到让你脱身的办法。"

这个前景让我松了一口气。我同意写一封求婚的信。一个小时以后,我就动身回巴黎。

第二天,我得到通知,我的要求被接受。

就这样,三个星期里,我既没能找到一个计策,也没能找到一个借口,而结婚预告公布了,婚礼请柬发出去了,结婚契约也签字了。一个星期一的上午,我便来到灯火辉煌的教堂的祭坛前,站在那个年轻姑娘的身旁,在镇长面前宣誓我愿娶她为妻……至死不渝;而她一直泪水涟涟。

自从出事以后,我还没有再见过她;我带着多少有些不怀好意的好奇心侧目瞅了她一眼。其实她长得不赖,一点也不赖。我心想:"这姑娘以后不会每天都开心。"

直到晚上,她没看我一眼,也没跟我说一句话。

午夜光景,我走进洞房,想让她领教一下我的决心,因为现在我是主人了。

我看见她坐在扶手椅里，穿得跟白天一样，两眼通红，脸色煞白。我一进来她就站起身，走到我身边郑重地说：

"先生，我已经做好了准备，您命令做什么我就做什么。只要您愿意，我自杀都行。"

上校的女儿，她扮演这英雄的角色，真是美极了。我把她搂在怀里，这是我的权利。

我很快就看出，我没有吃亏。

我结婚已经五年了。我毫不后悔这门婚事。

*

皮埃尔·莱图瓦勒说完了。伙伴们都听得心荡神摇。一个伙伴说:"结婚就像买彩票,根本没有必要挑选号码,有运气就是最好的号码。"

另一个人像总结似的接着说:"对!不过别忘了,这一次是酒徒们的神灵给皮埃尔选的号。"

亚历山大*

* 本篇首次发表于一八八九年九月二日出版的《巴黎回声报》；一九〇八年首次收入路易·科纳尔出版社出版的莫泊桑全集《无用的美貌》卷。

这天四点钟,像每天一样,亚历山大把给瘫痪病人坐的三个轮子的轮椅推到马朗巴尔夫妇的小房子门前;根据医嘱,他要带年老而又肢体不灵的女主人去散步,直到六点再回来。

他把这辆轻便的车子停在台阶旁边,正好在肥胖的妇人便于上车的地方,然后就走进房子。不久,就听到里面传来一个愤怒的声音,老兵破口谩骂的嘶哑的声音——这是男主人,退役的前步兵上尉约瑟夫·马朗巴尔的吼声。

接着,是猛地关门的响声,一把椅子翻倒的声音,一阵急促的脚步声,然后就什么声音也没有了。过了一会儿,亚历山大出现在临街的门口,使出全部的力气扶着下楼已经累得精疲力竭的马朗巴尔太太。等女主人好不容易在轮椅上坐下,亚历山大就走到车子后面,手握推车的横杆,开始向河

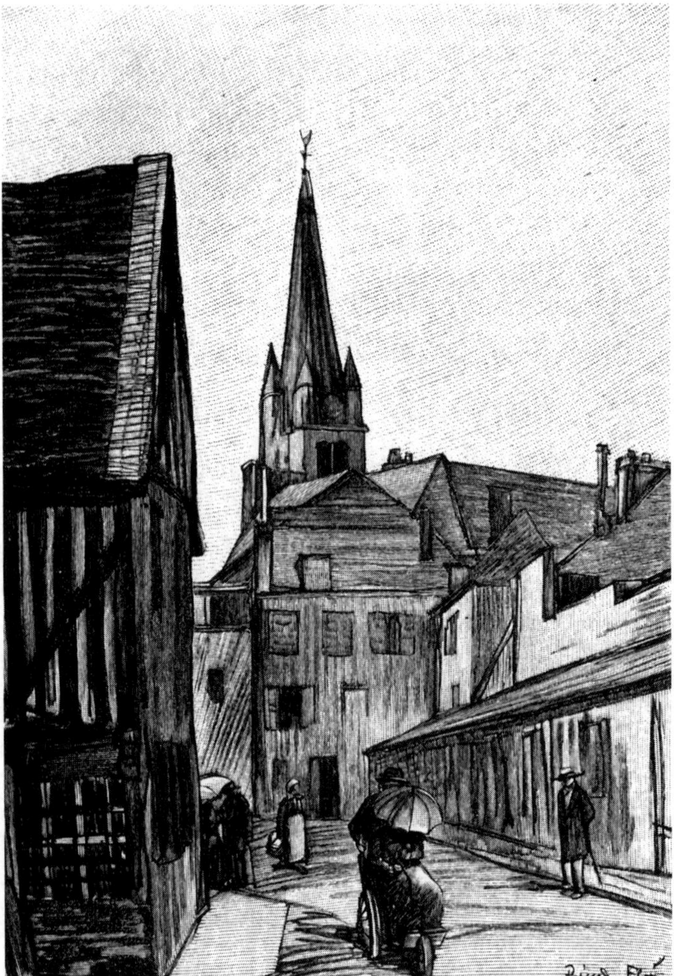

边走去。

他们每天都这样,在人们尊敬的致意声中穿过小城。人们或许是在跟女主人打招呼,也是在跟用人打招呼,因为,如果说女主人受到所有人的喜爱和尊敬,这个留着白色、族长式胡子的老兵,也是公认的模范仆人。

七月的骄阳猛烈地照射着街道,低矮的房屋淹没在凄惨的火辣辣的阳光里。几条狗在人行道墙脚的一排阴影里打着盹。亚历山大微微喘着气;为了能快些走到那条通向河边的林荫路,他加快了脚步。

马朗巴尔太太已经在白色的小阳伞下小睡,松动的阳伞的伞骨尖儿时而顶着老人镇定自若的脸。

他们来到椴树夹道的林荫路;在树荫下她完全醒了,用亲切的语气对亚历山大说:

"我可怜的伙计,走得慢一点吧,您会热死的。"

这位好心的妇人,天真得只想到自己的感受,而根本没有想,她现在希望他走得慢一点,正因为她到了树下的阴凉地。

荫蔽着路面的两排老椴树,顶上被修剪成拱形。路附近的纳维特河,在两排柳树之间蜿蜒的河床里流淌。咕噜咕噜的流水，岩石上跃起的水花，急剧的涡流，沿这条散步小路传送着悦耳的水的乐音和湿润清新的空气。

马朗巴尔太太大口地呼吸着，享受着这美好的环境和湿润的气息，然后轻声说：

"嗯，好些了。可他今天一起来情绪就不好。"

"噢，是的，太太。"

他给这对夫妻当差已经三十五年了，起初是当军官的传令兵，后来他不愿离开这两个主人，便做了普通的用人；六年以来，他每天下午都推着女主人在狭窄的环城路上散步。

由于长期忠心耿耿的服务和后来日常的密切相处，老太太和用人之间产生了一种亲密感，在她那方面是出于好感，在他这方面是出于尊敬。

他们经常像两个平等的人一样议论家里的事。再说，他们议论和不安的主要内容也仅仅是上尉的坏脾气。他漫长的行伍生涯，开始时很光彩，后来却虚度光阴，毫无长进，最后更是落寞收场，这让他的脾气变得越来越火暴。

马朗巴尔太太又说：

"说情绪不好，他的情绪真不好。自从退役，他就经常这样。"

亚历山大叹了一口气,接着女主人没说完的话补充道:

"啊!太太也可以说他每天都这样,退役以前就经常这样。"

"是这么回事。不过他这个人也确实没有运气。他开始当兵的时候表现勇敢,二十岁就获得勋章;可是后来,从二十岁到五十岁,最高也就是上尉,而他本指望退休时至少能是少校。"

"太太还可以说这归根到底是他自己的错。如果他以前不总是那么粗暴,上司们也许会更喜欢他、保护他。脾气倔毫无用处,要让人喜欢才能给人好印象。

"他这样对待我们,这也是我们的错,谁叫我们偏要跟他待在一起?换了别人,那就不一样了。"

马朗巴尔太太在沉思。唉!很多很多年以来,她每天都在这样想着她丈夫的粗暴。她是很久以前嫁给他的,因为他当时是一个帅气的军官,那么年轻就获得了勋章,人人都说他前程远大。人在生活中会搞错的事实在太多了!

她轻声说:

"我们停一会儿,我可怜的亚历山大;您在那个凳子上休息一会儿。"

那是一个埋在路边转弯处的已经半朽了的小木凳，供星期天来散步的人歇脚的。每次到这边来的时候，亚历山大都习惯了要在这张凳子上坐几分钟，歇口气。

他在那个凳子上坐下，轻松而又得意地用两只手捧着像扇子一样铺开的漂亮的白胡子，把它收拢，然后合上手往下捋，一直捋到胡子尖儿，停在胸口，而且把胡子尖儿攥一会儿，仿佛要把它固定在那里，再一次确认这赘生物的长度。

马朗巴尔太太又说：

"我嘛，我既然嫁给了他，忍受他的暴脾气，这理所当然。可我不明白的是，您，我好心的亚历山大，您也容忍他！"

他耸了耸肩膀，做了个含糊的动作，只是说：

"哦！我嘛……太太。"

她接着说：

"真的，我经常想这个问题。我嫁给他的时候，您是他的传令兵，您别无选择，只能忍受他。可是后来呢，您为什么留下来，仍然跟我们待在一起，既然我们给您的报酬那么少，待您那么薄？您本可以像所有人做的那样，结婚，建立家庭，生儿育女。"

他回答：

"哦！我嘛，太太，那不一样。"说完，他就沉默了；但是他不停地拽着胡子，就好像在拉响一口在他心灵深处回响的钟，又好像他想要把胡子扯掉。他转动着尴尬的男人常有的惊慌的眼睛。

马朗巴尔太太按她的思路继续说：

"您不是农民。您受过教育……"

他骄傲地打断她的话：

"我学过土地测量员的课程，太太。"

"那么，您为什么毁了自己的前程，留在我们身边？"

他结结巴巴地说：

"事情就是这样！事情就是这样！这是我的天性的错。"

"怎么，您的天性？"

"是的，我依恋上谁，我就依恋谁，至死不变。"

她扑哧笑起来：

"喏，您总不能让我相信，是马朗巴尔先生的礼貌的举止和温柔的态度让您终生依恋他吧。"

他在凳子上局促不安，明显地失去了平静，在他那长长的胡须下面喃喃地说：

"不是他，是您！"

老妇人的面部很温柔，额头和帽子之间露出她每天都要用卷发纸仔细卷一下的卷发，雪白的头发像天鹅的羽毛一样散发光泽。她身子在车里一震，很惊奇地端详着她的用人：

"我？我可怜的亚历山大！怎么会是这样？"

他转着脑袋，看看天空，再看看旁边，接着又看看远处，就像害羞的男人被迫承认可耻的秘密。然后，他就像接到命令赴汤蹈火也在所不惜的大兵一样，鼓起勇气说：

"就是这么回事。第一次我把中尉的一封信带给小姐，小姐给了我二十个苏，还对我微微一笑，事情就这么决定了。"

她还是不明白，追问：

"哦，您再解释解释。"

于是，他就像一个坏蛋走投无路，招认一桩罪行似的，战战兢兢地说：

"我对太太有了感情。就是这么回事！"

她没有说话，也不再看他，低下头思索着。她善良，正直，温柔，理智，又很有同情心。

在片刻的时间里，她回顾了这可怜人的无限忠诚。为了跟她在一起，他放弃了一切，从无怨言。她真想哭。

然后，她神情略显严肃，但一点也不生气地说：

"我们回去吧。"

他站起身，走到轮椅后面，又推起车来。

走近村子的时候，他们远远看到马朗巴尔上尉正在路上向他们走来。

一走到他们跟前,他就显然要发火似的问妻子:

"我们晚饭吃什么?"

"一只仔鸡,还有小菜豆。"

他顿时火冒三丈:

"鸡肉,又是鸡肉,永远是鸡肉,见鬼!我实在吃够了你的鸡肉。你脑袋里难道就没有想到,你让我天天吃同样的东西吗?"

她忍耐着,回答:

"可是,我亲爱的,你知道这是大夫嘱咐的。而且这对你的胃来说是最好的东西。你要不是有胃病,我会让你吃好多别的东西。我现在不敢给你做呀。"

他气急败坏,冲到亚历山大面前:

"我得胃病都是这个畜生的错。三十五年来他一直用他烧的肮脏的菜毒害我。"

马朗巴尔太太猛地向老用人转过身去,看着他。他们的目光相遇了;在这简单的一瞥中,他们互相说:"谢谢。"

犹大老爹 *

＊　本篇首次发表于一八八三年二月二十八日的《高卢人报》；一九〇八年首次收入路易·科纳尔出版社出版的莫泊桑全集《图瓦》卷。

这地方到处都呈现出近乎宗教的大气而又荒芜破败、凄凄惨惨的特征，令人惊异。

在这由赤裸的丘陵围成的广阔圆圈里，只生长些荆豆，偶尔有一株被风吹得歪歪扭扭的橡树；圆圈中间伸展着一个荒凉的大水塘，黑色的湖水沉睡不动，无数的芦苇迎风瑟瑟。

在阴森的湖岸边只有一座孤零零的房子，一座低矮的房子，住着年老的船夫约瑟夫老爹，靠打鱼为生。他每个星期都带着捕到的鱼去附近村庄卖，回来的时候带着生活必需的食物和简单的用品。

我想认识认识这位独居者，他邀请我去看看他怎样收鱼篓。

我欣然接受了。

他的船很陈旧，已经被虫蛀，而且很粗糙。他呢，瘦骨嶙峋。他用单调但是柔和的动作划着桨，仿佛在晃动摇篮，抚慰着我被天际的忧郁包围着的心灵。

在这古老的景物里，在这原始的船上，我感到就像由这个另一世纪的人驾着，被载往世界混沌初开的时代。

他拉起他的鱼篓，用《圣经》里的渔夫那样的动作把鱼扔在脚边。后来，他提出带我到沼泽的尽头去看看。这时我突然发现在另一边的湖岸上，在夕阳最后的光照里，有一座废墟，一座已经残破的茅屋，墙上有一个十字架，一个巨大的红色的十字架，就像用血画出来的。

我问：

"那是什么？"

他立刻画了一个十字,然后回答:

"犹大就是在那里死的。"

我并不感到意外,就好像我已经料到这奇特的回答。

但我还是追问:

"犹大?谁是犹大?"

他接着补充道:

"流浪的犹太人①呗,先生。"

我请他把这个传说讲给我听听。

---

① 流浪的犹太人:一个传说的人物,名叫阿哈斯维罗斯,因辱骂了背负十字架的耶稣,被罚不停地行走,直到末日来临。本篇中的老渔夫把他和《圣经》故事中出卖耶稣的犹大混为一人,又把老流浪汉和传说中的人物——流浪的犹太人混为一谈。

不过这不仅是一个传说;这是一件真事,而且就发生在不久以前,因为约瑟夫老爹认识这个人。

从前,住在这茅屋里的是一个高个子的女人,一个靠大家的施舍生活的女叫花子。

她是从谁那儿得到这个窝棚的呢?约瑟夫老爹记不得了。只知道一天晚上,一个白胡子老头,一个看上去有两百岁、步履蹒跚的老头,路过这里,向这个可怜的女人乞讨。

她回答:

"请坐,老爹,这里所有的一切都是属于大家的,因为它来自所有的人。"

他在门前的一块石头上坐下。他分享这个女人的面包,她的树叶铺的床,以及她的房子。

他不再离开她。他结束了他的漫游。

约瑟夫老爹补充道:

"是我们的圣母允许这么做的,先生,因为在这以前,一个女人已经向犹大开过她家的门。①"

---

① 莫泊桑在这里采用了一个传说,一个叫拉谢尔的女人(实际上是一个堕落的天使)爱上了流浪的犹太人。法国历史学家、政治家和作家埃德加·基内(1803—1875)在散文诗《阿哈斯维罗斯》的第三部分讲了这个故事。

因为这个老流浪汉就是那个流浪的犹太人。

这件事在这个地方并不是所有人都立刻知道,但是人们不久就猜到了,因为他已经那么习惯了流浪,总是到处走。

引起怀疑的还有另一个理由:收留了这个陌生人的那个女人被人们认为是犹太人,因为从来没有人在教堂里见过她①。

在方圆十法里内,人们都只叫她"犹太女人"。

本地的儿童们看见她来乞讨,都叫喊:

"妈妈,妈妈,犹太女人来了!"

老头儿和她开始在邻近的地区游荡,向所有的住户伸手,跟在所有过路人的背后咕哝着哀求的话。白天任何时候都能看到他们,在人迹罕至的小路上,沿着一个又一个村庄,或者在炎热的中午,在孤独的大树的树荫下吃一块面包。

地方上的人也开始叫这个乞丐老头"犹大老爹"。

有一天,他在褡裢里带回来两只活的小猪,是他在一个农庄里得到的,因为他治好了农庄主的一种病。

不久,他就停止乞讨,整天忙着带他的小猪找食吃,带

---

① 犹太人有自己的犹太教教堂,一般不会出现在法国的天主教教堂。

着它们在水塘边，在孤零零的橡树下，在附近的小山谷里转悠。相反，那个女人仍然不停地流浪乞讨，不过她每天晚上都回来。

他也从来不去教堂，人们也从来没见过他在耶稣受难像前画十字。这一切引起很多议论。

一天夜里，他的女伴突然发烧，像风吹的船帆一样浑身发抖。他一直走到镇上去找药，然后每天都把自己关起来，守在她身旁；整整六天里，人们再也没有看见他。

但是本堂神父听说"犹太女人"就要死了，前来给垂危

的人送上本宗教的安慰，献上最后的圣事。她不是犹太人吗？他不知道。总之，他想尽力拯救她的灵魂。

他刚摸到门，犹大老爹就出现在门口，气呼呼的，两眼冒火，那一大把胡子颤动着，就像溪水流淌，还用一种陌生的语言叫嚷些亵渎的话，伸出瘦胳膊不让神父进去。

本堂神父想说话，希望能献上他的钱袋和他的照料。但是老头儿不断地辱骂他，还用手做出向他扔石头的姿势。

神父只得退去。在他身后，乞丐老头还骂声不绝。

第二天，犹大老爹的女伴死了。他亲手把她埋在门前。这是些那么卑微不足道的人，没有人会关心他们。

人们又看见老头儿赶着他的小猪在湖边和山坡上散放。为了糊口，他经常会重新开始行乞。但是关于他的闲话太多了，人们几乎不再给他任何东西。再说，所有人都知道他是怎么对待本堂神父的。

他不见了。不过正值圣周①，人们并没有放在心上。

但是，复活节后的星期一，一帮男孩女孩来湖边游玩，

---

① 圣周：在基督教传统中，圣周是用来纪念耶稣受难和复活的一周。这周的星期五即耶稣受难节，星期日即复活节。

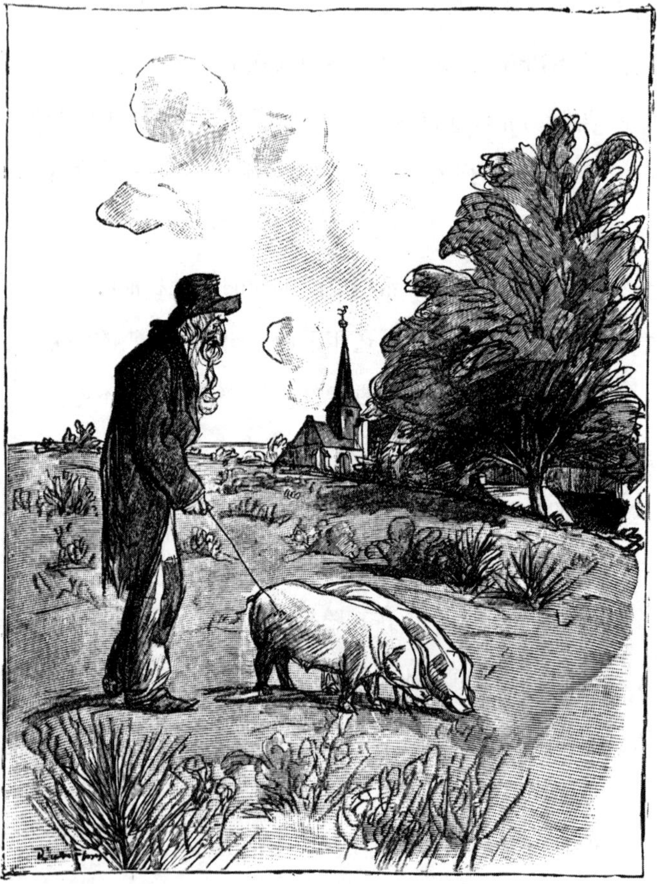

听到那窝棚里传来很大的响声。门是关着的；男孩子们推开门进去，两只小猪像公山羊一样蹦跳着夺门而出。人们再也见不到它们的踪影。

于是孩子们全都进到窝棚里，只见地上有几件旧衣裳，乞丐老头的帽子，几块骨头，一点已经干了的血，和残留在死人头的凹陷里的肉。

他的猪把他吃掉了。

约瑟夫老爹补充道：

"这事儿发生在，先生，圣周的星期五，下午三点钟。"

我问：

"您是怎么知道的？"

他回答：

"这用不着问。①"

我并没有试图让他明白，饥饿的动物吃掉突然死在窝棚里的主人，这是多么自然。

至于墙上的十字架，它是一天早上突然出现的，不知道

---

① 基督教的圣周的星期五是耶稣受难日，所以老渔夫想当然地认定犹大老爹死于这一天。

是什么人用这种奇怪的颜色画的。

　　从那以后，人们再也不怀疑流浪的犹太人就是死在这里。

　　连我也相信了一个小时。

一百万 *

* 本篇首次发表于一八八二年十一月二日的《吉尔·布拉斯报》,作者署名"莫弗里涅斯";一九〇八年首次收入路易·科纳尔出版社出版的莫泊桑全集《密斯哈丽特》卷。

这是一对普普通通的公务员夫妇。丈夫是一个部的科员，循规蹈矩，谨小慎微，对本职工作向来兢兢业业。他名叫莱奥波德·鲍南。这个身材矮小的年轻人，在任何事情上，他的想法都和常人一样。他在宗教环境里接受教育，不过自从共和国推行政教分离的政策以后，他的宗教信仰不像以前那么虔诚了。他在部里的走廊里大声宣称："我信教，甚至信得虔诚，不过我信的是天主，我不是教权主义者。"他先于一切的志向是做一个诚实的人，他拍着胸脯这样表示。他也确实是个最严格意义上的诚实人。他准时上班，准时下班，很少偷懒，而且在"金钱问题"上一向表现得洁身自好。他娶了一个穷同事的女儿；但是这个穷同事的姐姐却有一百万的家业，她故去的丈夫因为实在爱她才娶她的。她没有孩子，对她来说，这是一个很大的遗憾，因为她只能把自己的财产留给侄女。

这笔遗产成了全家人念念不忘的事。它翱翔在这座房子的上空，也翱翔在整个部的上空；大家都知道"鲍南夫妇会得到一百万"。

小两口也没有孩子，但他们并不怎么放在心上，依然平心静气地过他们那种天地狭小、与世无争的诚实人的生活。他们的住处干净、整齐、恬适，因为他们安分守己，在各方面都很有节制。他们认为有了孩子会打扰他们的生活，他们的家，他们的安宁。

他们绝不会刻意不要孩子，不过，既然老天爷没有给他们送上门来，那再好不过了。

然而拥有一百万家业的姑母却对他们久久不育感到忧心，为了让他们早生贵子，常给他们献计献策。她从前曾尝试过朋友和女手相家指点的千百种秘诀，结果无一成功。她过了生育年龄以后，人们又给她指点了许许多多另外的绝招，她料想是万无一失的；虽然遗憾的是自己再也不能身体力行，她却热衷于在侄女侄女婿身上显示它们的灵验，而且三天两头地追问：

"喂，你们试过我那天推荐的办法了吗？"

姑母去世了。两个年轻人心里真高兴，不过这是那种对自己对别人都要用哀伤掩饰起来的高兴。良心披着黑纱，但是灵魂却乐得战栗。

他们得到通知，有一份遗嘱放在一个公证人那里。他们从教堂出来就连忙跑去找那个公证人。

姑母信守她始终不渝的想法，把她的百万家产留给了他们的第一个孩子，每年的收益由父母享用，直到他们去世。如果年轻夫妇三年之内没有子女，这笔财产就捐给穷人。

他们目瞪口呆，大为沮丧。丈夫病倒了，足有一个星期没有去上班。痊愈以后，他毅然下定决心，无论如何也要做父亲。

他苦干了半年的时间，瘦得皮包骨头。他回忆起姑母传授过的各种方法，一丝不苟地加以实践，但是全无效果。绝望之下，他鲁莽行事，横冲直撞，差点儿送了小命。

贫血损害着他的健康，他怕是得了肺痨。一个医生的诊断把他吓坏了，医生让他马上恢复平静的、甚至比以前还要平静的生活，并且给他制定了一套补养身体的饮食制度。

风凉话也马上在部里传开，人人都知道遗嘱要落空了，各个科室里都有人拿这场著名的"百万大战"来取乐。有人给鲍南出一些滑稽可笑的主意；有人厚颜无耻地毛遂自荐，去满足那令人绝望的条款的苛求。特别有个高个儿年轻人，公认是个拈花惹草的高手，艳福不浅，在各个科室都是出了名的。此人老是旁敲侧击，用放肆的语言纠缠鲍南，说什么他可以保证在二十分钟里让鲍南当上继承人。

莱奥波德·鲍南有一天动怒了，他把蘸水钢笔往耳朵上一夹，猛地站起来，冲他破口大骂：

"先生，您是个下流坯；我要不是尊重自己的人格，早就啐您一脸唾沫了。"

双方指派了决斗的证人，整个部里为此兴奋了三天。不过，人们只看见他们在走廊里交换笔录和对这个事件的看法。四个代表终于一致通过了一份草案，并且为两位当事人所接受。按照这份协议，他们当着科长的面煞有介事地互相致意、握手，并且支支吾吾地说了几句表示歉意的话。

此后的一个月里，他们就像敌手迎面相遇那样，互相打招呼，故意显得礼貌周到，表现出高雅之士的彬彬有礼。后来有一天，他们在一个走廊转弯处撞了个满怀，鲍南先生关切而又不失尊严地问：

"我没有撞痛您吧，先生？"

对方回答:

"一点儿也没有,先生。"

从这时候起,他们认为遇见时还是寒暄几句比较合适。后来,他们变得越来越亲近;他们彼此逐渐习惯了,互相理解了,像曾经互相误解的人那样互相敬重起来,甚至变成了莫逆之交。

但是莱奥波德在家里却很不幸。他妻子总拿一些不中听的明讽暗喻来刺激他,说些指桑骂槐的话折磨他。时间流逝,姑母去世已经一年。那笔遗产看来已经丢掉了。

鲍南太太一坐下吃饭就说:

"晚饭没有什么好东西吃;要是我们有钱,情况就大不一样了。"

每当鲍南动身去上班时,鲍南太太就一边把手杖递给他,一边说:

"要是我们每年有五万法郎的进项,小文书先生,你就用不着到那边去干那份苦差了。"

鲍南太太每逢下雨天要出门时,就低声抱怨:

"要是有一辆马车,就不会非得在这种天气里去溅一身泥浆了。"

总之,无论何时何地,她总能借题发挥,责备丈夫,仿佛他干了什么不光彩的事,认定他是唯一的罪人,唯一要对这笔财产泡汤承担责任的人。

万般无奈,鲍南先生带她去向一位名医求教。那位名医诊断了好长时间也说不出究竟,只说他看不出有任何问题;这种情况是常见的,身体上跟性情上一样都存在这种现象;他见过很多夫妻因为性情不合而离异,因此再看到一些夫妻由于身体不合而不能生育,也就不感到奇怪了。为了这几句话,他们花了四十法郎。

又是一年过去了。战争,一场无休止的恶战,在夫妻之间爆发了,那种仇恨简直到了可怕的程度。鲍南太太不断地抱怨:

"因为嫁给一个蠢货,失掉了一大笔财产,真是倒霉透顶!"

或者说：

"想想看啊，我要是遇到另一个男人，今天就会有每年五万利弗尔进账了！"

或者说：

"有些人生活里总是拖累别人。他们把好事都给毁了。"

晚饭，特别是晚上，变得越来越无法忍受了。莱奥波德再也不知道怎么办好了。一天晚上，生怕回到家又要大吵大闹一场，他把好友弗雷德里克·莫莱尔，也就是他差点儿与之决斗的那个人，带回了家。莫莱尔很快就成了全家的好朋友，夫妻俩的顾问，他们对他可谓言听计从。

离最后期限只剩下半年，大限一到，那百万遗产就要送给穷苦人了。随着时间的推移，莱奥波德对妻子的态度逐渐变化，变得咄咄逼人，常常用含沙射影的话来刺激她，还神秘兮兮地谈到有些公务员的妻子如何善于帮助丈夫升官晋级。

他不时地讲一段某个小职员意外升级的事：

"拉维诺大叔当了五年的编外雇员，最近却一下子被任命为副科长了。"

鲍南太太说：

"你呢,你就没有这个本事。"

莱奥波德听了耸耸肩:

"倒好像他比别人有本事似的。他有个聪明的太太,如此而已。他太太有本事讨得局长的欢心,想要什么就有什么。在生活里要自己善于变通,才不至于成为环境的牺牲品。"

他说这话到底是什么意思? 她是怎样理解的? 后来又发生了什么事呢? 他们每人有一份日历,在上面标出离那个要命的期限还有多少天。一个星期又一个星期过去了,他们简直要发狂了,那是一种绝望的疯狂,极度绝望之下的疯狂的恼怒。他们是那么绝望,如果必要的话,犯罪的事他们也干得出。

不料一天早上,鲍南太太突然两眼有神,满面春风,两只手搭在丈夫的肩上,喜滋滋地瞅着他,像是要看透他的灵魂似的,低声细气地说:

"我相信我怀孕了。"

这消息对他内心的震动犹如石破天惊,他差点儿仰面倒下去。他猛地搂住妻子,疯狂地吻她,然后又让她坐在自己的腿上,像搂住心肝宝贝似的,再一次紧紧搂着她;他再也按捺不住激动之情,眼泪汪汪,泣不成声。

两个月过后,再也没有什么可以怀疑的了。于是他带着妻子去找一位医生证明她的身体状况,然后就带着到手的医生证明去见保管遗嘱的公证人。

这位法律界人士宣布,既然孩子已经存在,不管已经出生还是即将问世,他都没有理由反对,他可以把执行遗嘱的时间推迟到妊娠结束。

一个男孩出生了,他们仿效王室惯常的做法,给他起了个名字叫"天赐"。

他们发财了。

一天晚上,鲍南回到家里,这天弗雷德里克·莫莱尔应该来吃晚饭的。他的妻子随口对他说：

"我刚打了招呼，请我们的朋友弗雷德里克不要再到咱家来了，他对我不大礼貌。"

他注视了她一秒钟，眼里露出感激的笑意；接着他张开双臂，妻子投入他的怀抱，他们吻了很久很久，就像一对非常和美、非常亲密、非常正派的小夫妻。

真想听听鲍南太太怎么谈论那些在爱情上失足的女人，那些由于一时冲动而干出通奸事的女人。

"奥尔拉"号旅行记*

* 本篇首次以《从巴黎到赫斯特》为标题发表于一八八七年七月十六日出版的《费加罗报》;一九〇九年首次以现题收入路易·科纳尔出版社出版的莫泊桑全集《奥尔拉》卷。《奥尔拉》初刊本于一八八六年十月二十六日、二刊本于一八八七年五月二十五日相继发表后,广受好评。气球航行家保尔·若维斯为推广他的事业,将他的气球命名为"奥尔拉"号,并邀请莫泊桑做了这次空中旅行。

七月八日上午,我收到如下电报:"晴天。一切如我预告。比利时边境。物资和人员中午十二点从公司出发。三点钟开始操作。我五点起在工厂等您。若维斯①"

下午五点整,我走进拉维莱特②煤气工厂。看上去这里就像独眼巨人③之城的庞大废墟。宽阔而又阴森的林荫大道在沉重的煤气储存罐之间延伸。这些储存罐一个挨着一个,排列成行,就像一个个庞大、残损的铁柱,高低不等,从前想必都支撑着某种令人望而生畏的铁建筑。

---

① 若维斯:全名保尔·若维斯(?—1891),最早用气球载人飞行的气球航行家之一,和莫里斯·马莱共同创立法国航空联合会。
② 拉维莱特:这是巴黎近郊的一个地区,今属巴黎第十九区。
③ 独眼巨人:指希腊神话里的库克罗普斯独眼巨人家族,分为牧人、巨人、铁匠、瓦匠四类。

进门的那个院子里躺着一个气球,像一个黄色帆布做的大烘饼,平搁在地上,套在一个网子里。人们把这称作"进网",那气球的确像一条被捕到的大死鱼。

两三百人,有站着的,有坐着的,在观看气球或者审视吊篮,一个漂亮的方形篮子,一个装人肉的篮子,一侧的一块桃花心木的牌子上用金字写着:"奥尔拉"。

人们突然往前拥,因为煤气终于开始通过一根平放在地上的黄帆布的管子输进气球。管子膨胀、颤动,像一条很长的虫子在地上爬。不过打动所有人的眼睛和思想的却是另一个想法、另一个形象:大自然就是这样给生物供应养料,直到他们诞生。过一会儿就要翱翔的巨兽开始立起来;在"奥尔拉"号逐渐胀大的同时,若维斯队长的助手们舒展罩着它的网子,把它调整到位,让压力均匀,能够平均地分布到每一点上。

这道程序非常微妙,也非常重要;因为制作气球用的棉帆布是那么薄,它的承受力是根据这种布料和承载气球的吊篮的网眼密集的线网接触的面积计算的。

另外,"奥尔拉"号是由马莱[①]先生设计,在他的监督和

---

① 马莱:全名莫里斯·马莱(1861—1926),法国早期的航空实业家。

亲自参与下制造的。一切都是在若维斯先生的车间、由该公司勤劳的员工做出来的，没有任何东西是外单位加工的。

我们还要补充说明，从清漆到阀门，这个气球身上的一切都是新创的；而清漆和阀门这两样，对气球制造来说最为重要。就像船帮不能漏水一样，制造气球的帆布不能漏气。过去以亚麻籽油为主要原料的清漆有发酵和腐蚀帆布这双重缺点，帆布过不多久就会脆化，像纸一样撕裂。

从前的阀门有这种危险：它们是用一种叫糊剂的涂料填塞的，阀门一打开，因为涂层破碎，就再也关不严实。上个星期罗斯特①先生深夜坠落在大海上，就证明旧的方法不够完善。

若维斯队长的这两项发明，特别是清漆的发明，可以说对气球制造术有无可估量的价值。

然而人群中却议论纷纷，有些人似乎还是专业人士，他们以权威的口吻断言我们出不了城墙就会掉下来。我们后来那么幸运、那么成功地进行试验的这个新型气球，以及其他

---

① 罗斯特：全名弗朗索瓦·罗斯特（1859—1887），气球飞行家，一八八七年七月驾驶气球从法国往英国方向飞越拉芒什海峡时不幸失事身亡。

许多东西,都受到非议。

气球在膨胀。人们发现在运输过程中造成了一些小裂口,便按照惯常的做法把报纸撕成块儿,浸湿了贴在帆布上,堵住裂口。这种堵裂口的方法在观众里引起了不安和骚动。

在若维斯队长和助手们忙着最后一些细节的时候,将要乘气球旅行的人按预定的安排去煤气厂的食堂吃晚饭。

我们再出来的时候,气球已经在摇晃;它硕大,透明,像一个奇大无比的金果子,一个匪夷所思的梨,夕阳的余晖给它洒上一层火,还在催它成熟。

人们正在把吊篮系在气球上。气压计、夜间要让它尖叫或者呼号的警报器,还有两只喇叭、食品、外套,这个飞行的篮子除了人以外还装得下的小器材全装上了。

由于风总把气球往煤气储存罐那边吹,人们不得不一次又一次把它挪开,以免出发时发生意外。

突然,若维斯队长点起乘客的名字来。

副队长马莱首先爬到气球和吊篮之间悬着的网袋里,整个夜间他都要在那里监视"奥尔拉"号在空中飞行的状态,就像船上的值班长官站在驾驶台监视船只航行一样。

艾蒂安·比尔先生接着爬上去,接着是保尔·贝桑先生,然后是帕特里斯·艾利埃斯先生,然后是我。

但是对我们要做的长距离飞行来说,气球的负载过重了,艾利埃斯先生不得不十分懊恼地让出他的位子。

站在吊篮边上的若维斯先生,先用礼貌的措辞请女士们闪开,因为他怕起飞时扬起的沙尘落在她们的帽子上;然后他就发令:"全部松开!"一面说,一面用刀子割断吊篮四周坠着附加物的绳子;摆脱了把我们留在地面的附加物,气球自由了。

我们转眼就出发了。我们没有丝毫异样的感觉;我们飘浮,我们上升,我们飞,我们翱翔。朋友们又是呐喊又是鼓掌,不过我们几乎听不见了;我们看他们也只是影影绰绰。

我们已经飞得那么远！那么高！怎么！我们刚刚离开那边的那些人？这怎么可能呢？现在巴黎展现在我们下面，像一个黑乎乎、近于蓝色的平板，被街道切割成一小块一小块；东一处西一处，圆顶、塔楼、尖塔拔地而起。接着，四面都是平原，是被细而长的白色公路切割的土地。在或深或淡的绿色田野中，散落着几乎是黑色的树林。

塞纳河像一条弯曲的大蛇，一动不动地卧在那里，望不到头，也望不到尾，只知道它从那一边来，穿过巴黎，流到另一边去。整个大地就像草原和森林覆盖着的巨大盆地，在天际被低矮、遥远、环形的山包围着。

在地面时已经看不到的太阳又呈现在我们眼前，好像它又升起来了似的；连我们的气球也在这亮光中闪耀着，在此刻观看我们的人的眼中，它大概就像一个天体。马莱先生时不时向空中扔出一张卷烟纸，语气淡定地说："我们在往上升，一直在往上升。"而若维斯队长脸上得意扬扬，一面搓着手一面反复说："怎么样，这清漆？好呀，这清漆！"

的确，只有时不时扔出一张卷烟纸才能判定是在上升还是在下降。如果这张纸实际上悬在空中不动，却好像一块石头一样下落，那就是气球在上升；如果相反，纸片看似升入高空，那就是气球在下降。

　　两个气压计指向五百米左右，我们兴致勃勃地观赏着正在离开、和我们已经不再有任何联系的这个大地，看上去它就像一幅画出来的地图，一幅外省[①]的巨大的平面图。然而它的各种声音都清晰地传到我们耳边，不可思议地听得一清二楚。尤其是公路上的车轮声、鞭子的噼啪声、马车夫"吁，吁"的吆喝声、火车车轮的滚动声和汽笛声、广场上奔跑和游戏的顽童们的欢笑声。每当我们越过一个村庄的时候，压倒一切声音、直上高空的就是最尖锐的孩子们的喧嚷声。

　　有些人在呼唤我们；有些火车头在鸣笛；我们用警报器回答，它那哀怨、难听、微弱的呻吟，真像是一个围着世界游荡的怪物发出的声音。

　　这里那里可以看到一些亮光，农庄里的孤独的灯，或者城市里像念珠般成串的煤气灯。我们在昂甘[②]小湖上空盘旋

---

① 外省：法国人通常称巴黎以外的地方为外省。
② 昂甘：全称昂甘温泉城，法国市镇，在巴黎北方，位于今法兰西岛大区瓦兹河谷省，以温泉、湖泊、娱乐场、跑马场著称的休闲胜地。

了很久,然后向西北飞去。一条河出现了:那是瓦兹河①。为了确定到了哪儿,我们争论起来。那边灯火明亮的城市是克雷依②还是蓬图瓦兹③? 如果说我们是在蓬图瓦兹上空,就应该能看到塞纳河和瓦兹河的汇合处;可是那火光,左边那熊熊的火光,不就是蒙塔泰尔④的高炉吗?

我们实际上是在克雷依上空。眼前的景象真令人称奇;地面上已经是黑夜,可是十点钟已经过了,我们还在阳光里。我们现在听得见田野上轻微的声响,特别是鹌鹑一连两下的叫声,其次是猫叫声和狗吠声,想必狗闻到了气球,看到了它,在发出警告。我们听得见它们在整个原野上对我们狂吠,像对月哀鸣似的对我们哀鸣。畜栏里的牛似乎也醒了,因为它们在哞哞叫;牲畜全都受到惊吓,在这飞过的空中怪物面前惶恐不安。

地面的气味,甘草和鲜花的气味,一直蹿到我们这儿,

---

① 瓦兹河:巴黎盆地的一条河流,塞纳河的主要支流,流经法国北部和比利时。
② 克雷依:法国市镇,在巴黎的北面,位于今法兰西岛大区瓦兹河谷省,是该省的最大城市。
③ 蓬图瓦兹:法国市镇,今属法兰西岛大区瓦兹河谷省。
④ 蒙塔泰尔:克雷依的一个郊区,机械工业发达。

馨香扑鼻；绿色潮湿的土地的气味把空气也变香了。那是一种清爽的空气，那么清爽，那么柔和，那么甜美，我一生中还从来没有这么幸运地呼吸过这么好的空气。一种深深的、从未领味过的惬意沁透了我，那是身心都感到的惬意，包含着悠闲、无限的休息、把一切都置之度外，以及穿越空间却丝毫感觉不到无法忍受的运动，感觉不到嘈杂、摇晃和震撼的新的感受。

我们时而上升，时而下降。每隔一会儿，悬挂在蜘蛛网似的网袋里的马莱副队长就对若维斯队长说："我们在下降，抛一小撮。"正在跟我们有说有笑的队长，就从放在他两腿中间的一袋压载的沙子里抓一点，抛到篮子外面。

再也没有比操纵气球更开心、更微妙、更激动人心的事情了。气球像一个自由而又听话的巨大玩具，它以令人惊讶的敏感服从人的操纵，不过它也是而且首先是风的奴隶，而风我们是驾驭不了的。

把一撮沙子、半张报纸、几滴水、我们刚吃剩下的几块鸡骨头抛到篮子外面，都会让气球猛然上升。

我们越过的河流和树林都会为我们送来一股又湿又冷的

气流，让它下降两百米。在成熟的麦田上空它维持高度不变，而到了城市上空它就往上升。

现在大地在沉睡，更准确地说大地上的人在沉睡，因为被惊醒的牲畜一直在宣告我们的来临。时不时，一列火车的车轮滚动声和机车的汽笛声传到我们耳边。到了有人居住的地方的上空，我们就让警报器放声吼叫；在床上被惊醒的农民会颤抖着寻思：是不是宣告最后审判到来的天使路过。

兀地一股强烈、持续的煤气味引起我们的注意：我们一定是遇到了一股热气流，气球膨胀了，通过排气管失去了它看不见的血液；这排气管又叫阑尾，一停止膨胀就会自动关闭。

我们在往上升。已经听不到大地传来对我们喇叭的回声；我们已经超过了六百米。看不清仪表，只知道灯草纸像死蝴蝶一样向我们下面落，我们一直在往上升，一直往上升。再也看不清大地。一片片薄雾把我们和大地分开；而在我们头顶上，大群的星星在闪烁。

但是在我们前面出现一片亮光，一片银色的亮光，把天空变得苍白；月亮就像从地平线后面莫测的深处升上来似的，忽然出现在一块云边。它仿佛从下面上来，而我们就像楼座里看戏的观众，胳膊挂在吊篮边上，居高临下地观赏它。它从包裹着它的密云中脱颖而出，又亮又圆，冉冉升上高空。

大地已经从视野里消失，淹没在海洋似的乳白色的雾霭中。于是在茫茫无垠里只有我们和月亮。月亮就像一个在我们对面旅行的气球，而我们闪亮的气球就好像一个比对方更大的月亮，一个在天空，在星辰之间，在无限大的广域中遨游的天体。我们不再说话，我们不再思想，我们不再有活力。我们像呆滞了似的美滋滋地在空间游弋。承载着我们的空气，把我们变成了和它相似的无声的存在，喜悦而又疯狂，被这神奇的飞翔所陶醉，尽管一动不动，却奇怪地灵敏。已经感觉不到肉体，感觉不到骨头，感觉不到心脏的跳动，我们变成了不可言喻的东西，变成了甚至无须费力扇动翅膀就能信天游的鸟。

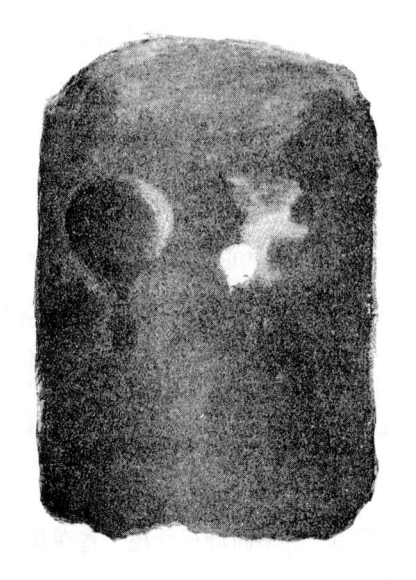

一切记忆都从我们的脑海里消失,一切忧烦都离开我们的思想,我们不再有遗憾、计划和希望。我们看,我们感觉,我们如醉如痴地享受着这奇异的旅行;天空里只有月亮和我们!我们是一个流浪的天体,像我们的姊妹行星一样,是一个行进中的天体;而这小小的行进的天体载着五个离开而且几乎已经忘记大地的人。我们现在看东西就像在大白天一样清楚;这明亮让我们感到惊奇,我们互相看着,因为我们可看的也只有我们和稍下方飘浮着的几片银白色的云。气压计指向一千二百米,接着是一千三百米,一千四百米,一千五百米;而灯草纸还一直在我们周围往下落。

若维斯队长说,月亮经常会让气球这样急剧上升,高空旅行还将持续。

我们现在是在两千米;我们又升到两千三百五十米,气球终于停下了。

我们鸣响警报器;令我们意外的是,居然没有来自这些星星的一点回应。

现在,我们在下降,迅速下降。我们并没有感觉到,只听马莱先生不停地叫喊:"抛压载物,抛压载物!"但是我们一定下降得非常迅速,抛向空中的压载物,沙子连同石子,

纷纷回落到我们脸上，就好像有人从下面往星星上抛，它们又飞回来似的。

又看见大地了！

我们到了哪儿？这次空中飞行已经持续了两个多小时。现在已经过了午夜十二点钟，我们正穿过一个很大的干燥的地区，庄稼种得很好，道路四通八达，住房十分稠密。

这是一座城市，右边是一座大城市，左边更远处还有一座大城市。可是突然，在大地的表面，一个灿烂的亮光，像在童话里一样，闪亮又熄灭，然后又闪亮又熄灭。被空间陶醉了的若维斯大喊："看呀，看这月亮在水里的奇景。夜间再也看不到比这更美的景象了。"

确实如此，什么也不能让人想象出这样的东西，什么也不能让人设想出一块块不可思议的光盘的形象，不是火，也不像这里那里突然产生又立刻熄灭的反光。

在蜿蜒的溪流上，每当流水转弯时，这些强烈的焦点就会出现；只不过由于气球像风一样迅速掠过，我们几乎来不及看它们。

我们现在离大地比较近了，我们的朋友比尔大喊："看呀！那边田野里是什么在跑？是不是一条狗？"的确有个什么东西以神奇的速度在地上跑，这东西穿过壕沟、道路、树林，看来那么轻松，令人无法理解。队长笑着说："那是我们气球的影子。随着我们下降，它还会变得越来越大。"

我清楚地听见远处有炼铁炉的响声，由于我们整夜都在不停地往北极星方向飞，由于我过去在地中海上经常从小游艇的甲板上通过观察北极星来确定方向，我们毫无疑问是在飞向比利时。

我们的警报器和两个喇叭不停地呼唤。几声叫喊回答我们，那是停下来的赶马车的人的叫喊、迟归的酒徒的叫喊。我们吼叫："我们这是在哪儿？"可是气球走得那么快，这些惊慌的人根本来不及回答我们。"奥尔拉"号变大的影子，像孩子们玩的气球那么大，在我们前面的田野、道路、麦地和树林上窜逃。它不停地往前跑，往前跑，在我们前面离着半公里；我把身子俯到吊篮外面，现在甚至听得到风在树林和庄稼里发出很大的响声。

我对若维斯队长说："风好大啊！"

他回答我："不，这一定是瀑布。"我坚持自己的看法，相信自己的耳朵没有听错，因为我过去经常听风在缆绳间呼啸。于是若维斯用胳膊肘捅了捅我；他怕让自己快乐而又踏实的乘客们惊慌，因为他心里很清楚：一场暴风雨紧追着我们。下面有个人终于明白了我们的问题，回答："诺尔省①。"

另一个人也向我们叫嚷出同一个名字。

忽然，一个城市出现在我们正前方，从煤气灯分布之广，可以知道是一个很大的城市。也许就是里尔②。正当我们向它接近的时候，下面突然出现一片火的熔岩，那么令人惊讶，我以为被带到了一个童话的国度，那里正在为巨人们制造宝石。

---

① 诺尔省：法国北部的一个省，和比利时相邻，现属上法兰西大区。
② 里尔：法国北方重镇，诺尔省省会和上法兰西大区首府所在地。

看来那是一个制砖厂。另外还有几个，两个，三个。熔化的原料在沸腾，闪耀，迸射出蓝色、红色、黄色、绿色的火花，奇形怪状的钻石、红宝石、纯绿宝石、绿松石、蓝宝石、黄玉的反光。在那附近，高大的炼铁炉发出轰隆隆的喘息声，就像启示录里的狮子的吼声；高高的烟囱随风抛送着它火焰的羽冠；我们听得见金属的滚动声、金属的碰撞声、巨大的铁锤落下的响声。

"我们是在哪儿？"

一个声音，一个爱逗乐的人或者被吓傻了的人回答：

"在一个气球里。"

"我们究竟在哪儿？"

"里尔。"

我们没有搞错。不过,我们已经看不到这座城市,我们现在到了右边的鲁贝①,接着是庄稼茂盛、十分规整的耕地,农作物不同,色调也各异,在黑夜里却都好像是黄色的、灰色的或者褐色的。不过云彩在我们后面聚集,遮住了月亮,而东方的天空正逐渐明亮,变成带着红色反光的淡蓝色。那是黎明的曙光。它迅速扩大,向我们显示出大地的每一个微小的细节:火车、溪流、牛、羊。这一切都在我们下面不可思议地快速闪过;我们来不及看;刚有时间勉强看一下,另一些草地、另一些田野、另一些房屋已经遁去。公鸡在打鸣,不过鸭子的叫声凌驾于一切,仿佛这个世界都被鸭子占据了,铺天盖地,它们的叫声震耳欲聋。

早起的农民挥舞着手臂向我们叫喊:"降下来!"可是我们一直前行,既不上升也不下降,俯身在吊篮边,看着万物在我们脚下流过。

若维斯示意远处又有一座城市。那城市越来越近,古老的钟楼拔地而起,从高空看去,好一座赏心悦目的城市。人们讨

---

① 鲁贝:法国市镇,位于上法兰西大区诺尔省,在法国与比利时边界附近。

论着：这是库尔特莱①，还是根特②？

我们已经离得很近很近，只见这城市被绿水环绕，一条条运河蜿蜒其间。简直可以说是北方威尼斯。我们正好经过钟塔上方时，离得那么近，我们气球的导索——拖在吊篮下面的那根长长的绳子，几乎碰到了钟楼；弗兰德勒③的编钟正唱响三点钟。它轻柔而又迅疾、温和而又清脆的乐音，就好像从我们在漫游中蹭过的薄薄的石板屋顶下溢出来的。这是一声亲切的"早安"，弗兰德勒向我们发出的一声友好的"早安"。我们用警报器

---

① 库尔特莱：比利时弗兰德勒地区的一个城市，在里尔北面。
② 根特：比利时弗兰德勒地区的一个城市，位于里斯河和埃斯科河交汇处，在库尔特莱东北面。
③ 弗兰德勒：比利时和法国的北海沿岸的平原地区。

回答，它的可怕的叫声响彻满城的街道。

这是布鲁日①；不过它刚从我们的视线中消失，站在我旁边的保尔·贝桑问我："您在我们前面和右边什么也没看见吗？好像是一条河。"

果然，在我们前面，晨曦照耀下，远远地伸展开一条闪亮的线条。是的，那很像是一条河，一条十分宽阔的河，河中还有一些岛屿。

"准备降落。"队长说。他让一直待在高处的网兜里的马莱先生下到吊篮里。接着，我们把气压计和所有可能在震动时弄伤人的坚硬的东西都收起来。

贝桑先生叫喊："看呀，左边有些大船的桅杆。我们来到海边了。"

因为被雾挡住，我们一直没看见海。现在一看，左边和正面，到处都是海；而在我们的右边，埃斯科河②与默兹

---

① 布鲁日：比利时弗兰德勒地区的一个城市，东弗兰德勒省省会，城内运河如织，有"比利时威尼斯"之誉。
② 埃斯科河：荷兰语称斯海尔德河，流经法国、比利时和荷兰，全长三百五十五公里，流入北海，其主流和支流经过根特、安特卫普、里尔、布鲁塞尔等许多城市。

河①汇合，它那比一个湖还要宽广的河口一直伸向大海。

必须在一两分钟里降落。

一直神秘地藏在小白布袋里的阀门的绳子，放在十分显眼的地方，好让谁也不能碰它；绳子松开以后，马莱先生把它攥在手里；而这时若维斯队长向远处寻找一个便于降落的地方。

在我们后面，雷声隆隆；没有一只鸟追随我们疯狂地飞奔。

"拉！"若维斯大喊。

我们正从一条运河上空经过。吊篮震动了两下，倾斜了。导索碰到了岸上的大树。

但是我们的速度那么快，那根现在拖着的长绳子看来并没有让气球的速度减缓下来。我们像一颗炮弹那么快地来到一个大农庄的上空。受到惊吓的鸡、鸭、鸽子向四面飞奔，而狂乱的小牛、猫和狗向房子逃窜。

我们只剩下半袋压载物。若维斯把它抛掉，"奥尔拉"号轻松地越过屋顶。

---

① 默兹河：流经法国、比利时、荷兰的一条河流。

"开阀门!"队长又叫喊。

马莱先生把身子缒在绳子上,我们就像箭一样下降。

一刀下去,系住锚的缆绳被砍断,我们拖着锚在一大片甜菜地里往前滑。

前面有树。

"注意!抓牢!小心脑袋!"

我们又从树丛上飞过。接着,一次强烈的震动把我们弄得东倒西歪。锚钩住了。

"注意!站稳!手腕用力把身子撑起来一点。就要着陆了。"

吊篮果然触地。接着又飞起来。然后又落下,又弹起,最后停在地面,而气球还在疯狂地做最后的挣扎。

几个农民跑过来,但是不敢靠近。他们过了好一会儿才决定走过来解救我们,因为如果气球不完全瘪掉,我们的脚就不能踏到地面。

接着,惶恐的人们都向我们走来,其中有几个人甚至像野人一样惊奇地蹦跳着;而与此同时,在沙丘上散放的母牛也都向我们走过来,牛角、大眼睛和呼哧的鼻子形成一个奇怪而又滑稽的圆圈，围着我们的气球。

在助人为乐、殷勤好客的比利时农民的帮助下，我们在很短时间里就捆包好所有的器材，运到了赫斯特①火车站。我们在那里登上了八点二十分开往巴黎的列车。

雷暴雨一直在后面追赶着我们。我们是在凌晨三点一刻降落的，几秒钟以后就大雨倾盆，电闪雷鸣。

我的同行保尔·吉尼斯蒂②很久以前就向我讲述过若维斯队长是多么勇敢，因为他们曾经一起有意识地在芒通③对面的大海上降落。多亏了他，我们才得以在一夜之间从高高的天空看到日落、月升和黎明，并且穿越空间从巴黎直到埃斯科河口。

---

① 赫斯特：比利时弗兰德勒地区东弗兰德勒省的一个市镇。
② 保尔·吉尼斯蒂（1855—1932）：法国作家，报纸专栏作家和记者。
③ 芒通：法国市镇，离法国和意大利边境不远，濒临地中海，位于今普罗旺斯－阿尔卑斯－蓝色海岸大区滨海阿尔卑斯省。

恐惧 *

* 本篇首次发表于一八八四年七月二十五日的《费加罗报》;一九〇九年首次收入路易·科纳尔出版社出版的莫泊桑全集《小洛克》卷。

列车开足了马力在黑暗中疾驶。

我独自一人,和一位老先生对面而坐。老先生向车窗外凝望着。这趟 P.-L.-M.① 列车想必是马赛开来的,车厢里闻得到强烈的石炭酸的气味。

① P.-L.-M.:巴黎 — 里昂 — 地中海列车的简称。

这是一个没有月亮也没有风的灼热的夜晚。看不到一点星光。列车飞驰产生的气流,热乎乎,湿漉漉,让人难以忍受,呼吸都有些困难。

我们是三小时前从巴黎出发的,此刻正在前往法国中部,所经之处什么也看不到。

突然,一个匪夷所思的景象出现在眼前:一片树林里,生着一堆大火,旁边站着两个人。

我们看到的这个场面只是一闪而过。在我们看来,那两个人很像是穷苦人,身穿破衣烂衫,被大火的光芒映得通红。他们的脸朝着我们,可以看到蓄满胡须;他们周围的景象犹如一幅舞台布景:绿树葱茏,是那种光闪熠熠的浅绿色,火焰的反光强烈地照射着树干,流动的光线穿透、渗入、湿润了枝叶。

接着,一切又进入黑暗。

这真是一个奇特的景象!那两个流浪汉在树林里干什么?在这闷热窒人的夜晚,这堆大火又是怎么回事?

我的邻座掏出怀表看了看,对我说:

"正好是午夜十二点,先生,我们看到了一件异常的事。"

我表示同感,我们就聊起来,猜测那两个人可能是些什么人。销毁罪证的坏蛋，还是在炮制迷魂药的巫师？半夜，盛夏，在树林里，谁会点这么大的火做浓汤①？那么，他们在做什么呢？我们没法想象还有什么类似的事。

我的邻座滔滔不绝地说起来……这是一个老年人，我判断不出他的职业。肯定是一个不同寻常、很有教养的人，也许还有点神经兮兮。

不过，在我们生活的这个世界上，理智经常被称作愚蠢，疯狂经常被誉作天才，谁又知道什么是智者，什么是疯子呢？

他说：

---

① 浓汤：法国人常吃的一种食物，加洋葱、土豆、白菜、面包及肉类等食料熬成的汤。

我很高兴看见了刚才这个场面。在短短的瞬间里，我重温了一种早已逝去的感觉！

从前，当大地还是那么神秘莫测的时候，它该是多么令人惴惴不安啊！

可是，随着人们揭开未知世界的面纱，人类便失去了想象。先生，您不觉得自从没有幽灵以后，夜晚变得乏味、黑暗变得平淡了吗？

人们会想：再也没有神灵怪异，再也没有离奇的信仰，一切未被解释的东西都变得可以解释了。超自然的地位降低了，就像一个湖泊被一条渠道吸干了；科学，日复一日，把神奇的领地的界线往后撤。

而我呢，先生，我属于喜爱信仰的古老的人种。我属于古老的幼稚的人种，习惯了不理解、不探究、不知道，为周围的各种神秘的事物而生，拒绝了解哪怕是简单明了的真理。

是的，先生，随着人们突然发现不可见的事物，人类便失去了想象。赋予大地诗意的各种信仰都已一去不返；在我看来，我们今天的大地就像一个被遗弃、空荡荡、赤裸裸的世界。

当我夜间出来，我多么希望能够害怕得颤抖，就像那些沿着墓地墙根一边走一边画十字的老妇人，就像那些在沼泽冒出的奇怪蒸汽和奇妙磷火面前奔逃的最后的迷信者！我多么希望相信人们以为在黑暗中发生的那些模糊可怕的事物存在！

从前，夜晚的黑暗中充满神奇、未知、游荡、凶恶的精灵，该是多么阴森可怕，人们猜不出这些精灵的形状，对它们的恐惧会让我们心惊胆寒，它们神秘的力量超出我们的想象，它们对人类的伤害似乎无法避免。

超自然没有了,真正的恐惧也就随之从大地消失,因为人们害怕的实际上只是不了解的东西。看得见的危险诚然会让人不安,让人慌乱,让人害怕!但是,想到会遇见游荡的幽灵,想到会被死人纠缠,想到会被人类的恐惧发明的可怕怪物追赶,和这些带给人心灵的震颤相比,看得见的危险又算得了什么?自从不再有幽灵出没,我觉得黑暗变得寡淡了。

能证明这一点的就是:如果我们突然独自来到这树林,刚才在火光里出现的两个怪人的幻象一定会穷追我们不放,其恐怖会超过对一桩真实危险的担心。

他又说了一遍:"人们实际上害怕的只是不了解的东西。"

这让我突然想起一件事,一个星期日,屠格涅夫①在居斯塔夫·福楼拜②家对我们讲的一个故事。

---

① 屠格涅夫:全名伊凡·谢尔盖维奇·屠格涅夫(1818—1883),俄国作家。一八七六年,青年莫泊桑在福楼拜家认识屠格涅夫,结下师徒般的友谊。
② 居斯塔夫·福楼拜(1821—1880):法国作家,作品有《包法利夫人》(1857)、《萨朗波》(1862)、《情感教育》(1869)、《三故事》(1877)等。莫泊桑的文学导师。

他在什么地方写过,我记不清了。

没有任何人比这位伟大的俄国小说家更善于把对隐秘的未知的恐惧传达给人的心灵,更善于在一篇奇异故事的半明半暗中揭示出一个由令人不安、变化不定、极具危害的事物构成的世界了。

通过他的作品,人们真切地感受到它,感受到对"不可见"的东西的隐约的恐惧,对墙后面、门后面、表面生活后面的未知事物的恐惧。他的作品突然向我们投射的光亮暧昧不明,仅恰可增加我们的紧张。

他有时就像在向我们揭示一些现象之间荒唐巧合、意外关联的意义,它们看似偶然,实则都是由隐蔽的狡猾的意图支配着。他的作品中好像有一条看不见的线,引导我们穿过生活,就像穿过一场我们经常抓不住其含义的迷茫的梦。

他从来不会像埃德加·坡① 和霍夫曼② 那样,贸然进入

---

① 埃德加·坡:全名埃德加·爱伦·坡(1809—1849),美国诗人和小说家,尤以短篇小说创作著称。小说《怪诞故事集》情节离奇,充满恐怖气氛。
② 霍夫曼:全名恩斯特·西奥多·阿玛迪斯·霍夫曼(1776—1822),德国作家,作曲家,画家,也是个法学家,主要作品有短篇小说集《谢拉皮翁兄弟》等;他的奇幻小说在一八二〇年左右就介绍到法国。

超自然中去。他只是叙述一些简单的故事,仅仅往里面掺进某些稍有点闪闪烁烁、稍有点令人不安的成分。

那一天他还对我们说:"人们实际上害怕的只是不了解的东西。"

那天他坐着,或者不如说沉陷在一把大扶手椅里,两只胳膊耷拉着,两条腿软软地伸着,头发全白,脸淹没在银色的胡须和头发的波浪里,看上去就像永恒的天主和奥维德①的河神。

他慢腾腾地说着,声音有些懒洋洋的,为他的话语更添

---

① 奥维德(前43—约17):全名普布利乌斯·奥维修斯·纳索,古罗马诗人。他的代表作《变形记》第八篇中讲到河神阿刻罗俄斯,他的形象是一个长着大胡子的老人,张着嘴,从嘴里往外流水。

一点魅力；他稍显沉重的语调里带着某种迟疑，加强了他语言的准确的色彩。他的浅色的眼睛睁得大大的，像孩子的眼睛一样反映出他的思想的全部激情。

他对我们说：

年轻时，他在俄国的一座森林里打猎。他走了一整天，傍晚的时候来到一条静静的河边。

那条河在树下林间湍流，河面上满是漂浮的水草，河水又深又凉，但是很清澈。

猎人生出一股强烈的意愿，要跳进这透明的水里去游一游。他脱掉衣裳，跳到流水中。这是个高大强壮的小伙子，精力充沛、勇敢无畏的游泳好手。

他缓缓地顺水漂游，悠然自得；水草和根须轻拂着他，藤子微微蹭着他的肉体，他感到心旷神怡。

突然，一只手搭在他的肩膀上。

他猛地回头，只见一个可怕的怪物正贪婪地看着他。

那好像是一个女人，又像是一个雌猴。那张奇大的脸上皱纹累累，一副怪相，她在笑。两个说不出名堂的东西，大概是乳房，在胸前晃荡；奇长的头发乱糟糟的，被阳光晒成橙红色，围着她的面孔，漂浮在她的背上。

屠格涅夫感到周身一阵卑怯的惶恐，对超自然的东西的寒彻骨髓的恐惧。

他既没有反应，也没有思想，对这突发的情况更无暇理解，拼命向岸边游去。但那怪物游得更快，它摸着他的脖子、脊背、大腿，高兴得低声傻笑。年轻人吓得简直要发狂，终于到了岸上，撒开两腿在森林里急速奔跑，甚至想不到拿回他的衣裳和猎枪。

那可怕的怪物追赶他，和他跑得一样快，嘴里还不停地嘟囔着。

逃跑者精疲力竭，吓得腿软，就要跌倒。这时，一个放羊的孩子手拿一根鞭子，跑过来，抽打起那个可怕的人形畜生来。后者痛苦地叫喊着，逃之夭夭。屠格涅夫眼看着它消失在树林里，像一个雌性大猩猩。

其实这是一个疯女人,在这个森林里,靠牧民们的施舍,已经生活了三十年,而她一半的日子就是在那条河里游泳。

伟大的俄国作家补充道:"我一生中从来没有像这样害怕过,因为我不明白这个怪物是什么。"

我这位旅伴听我讲了这件奇事,接着说:

是的,人们只害怕自己不了解的东西。只有在恐惧中加上一点几个世纪来的迷信导致的惶恐,才能真的产生发自灵魂的可怕的紧张,或者叫恐惧。我呢,我体验过一次再吓人不过的恐怖,而且是通过一件非常简单、非常愚蠢的事,我都不好意思说出口。

那时我正独自一人在布列塔尼[①]徒步旅行。我已经走遍了菲尼斯泰尔[②],那备受蹂躏的荒原,只生长荆豆

[①] 布列塔尼:法国西北的一个有着悠久历史和文化传统的地区。今布列塔尼大区含四省:阿摩尔滨海省、菲尼斯泰尔省、伊勒-维莱纳省和莫尔比昂省,大区首府雷恩。

[②] 菲尼斯泰尔:法国布列塔尼大区的一个省,首府坎佩尔。

的赤裸的土地，路边时而遇到一些神圣的巨石①，那些幽灵萦绕的石头。前一天我刚游览了凄凉的拉兹角②，这个古老世界的尽头，大西洋和拉芒什海峡两个大洋在那里永不止息地搏斗。关于这片盛行宗教迷信的土地，我的头脑里装满了读来的或者听来的传说和故事。

我从彭马尔③走到神父桥④时，已是夜晚。您去过彭马尔吗？那是一片平坦的海滩，非常平坦，非常低，似乎比海面还低。这片像猛兽流涎般泛着泡沫的礁石的海洋，人们在哪里都看得到它，一片灰色，非常凶险。

我在一家渔民小酒馆吃了晚饭，正走在两片荒原之间的一条笔直的大路上。天色已经很黑。

时不时地，有一块德鲁伊⑤巨石，像一个站立的幽灵在看着我走过。我越来越感到一种隐约的不安。不安什么呢？我一点也不知道。有些夜晚，人们会相信有

---

① 巨石：布列塔尼有多处巨石或巨石阵，为公元前遗迹，最著名的是卡纳克巨石阵。
② 拉兹角：法国布列塔尼大区菲尼斯泰尔省海角最前端的石质岬角。
③ 彭马尔：法国布列塔尼大区菲尼斯泰尔省的一个市镇。
④ 神父桥：法国布列塔尼大区菲尼斯泰尔省的一个市镇。
⑤ 德鲁伊：古代克尔特人、高卢人的一种宗教信仰。

精灵擦肩而过,灵魂会无缘无故地颤抖,心脏会因为莫名其妙的惧怕而怦跳,惧怕某种不可见的存在,虽然我惋惜它们不复存在。

我感到这条路很长,长得走不到尽头,而且空空荡荡的。

除了在那边,在我身后的海浪汹涌的声音,没有任何响声。有时这单调而又咄咄逼人的响声好像近在耳边,那么近,我以为拥着泛泡沫的锋线、在平原上推进的海浪,就要冲到我的脚后跟。我很想逃跑,撒开了腿跑在它的前头。

风,贴近地面的风,一阵阵刮着,吹得荆豆在我周围呼啸。尽管我走得很快,我的胳膊和腿仍然觉得冷:由于恐惧而感到酷烈的寒冷。

啊!我多么想遇到一个人!

天那么黑,现在,我几乎认不清路。

突然,我听到前面,很远的地方,有车轮声。我想:"嗨,一辆车。"可是接着,我听不到任何声音了。

过了一分钟,我又清楚地听到同一个声音,而且更近。

然而我看不到一点光亮;我心想:"他们没有照明的

灯。在这荒凉的地方，这没什么可惊讶的。"

响声又停止，接着又开始。声音太尖细，不可能是一辆马车；另外，我也没有听见马蹄声。这让我很惊讶，因为夜很静。

我寻思："这到底是什么呢？"

它在快速走近，速度很快！可以肯定的是，我只听到一只轮子的响声，此外什么也没有，既没有马的铁掌声也没有人的脚步声，什么都没有。那会是什么呢？

它已经很近，很近；我吓得本能地跳进一个沟里，只见一辆独轮车紧挨着我……快速驶过，自个儿，没有人推它……是的……一辆独轮车……自个儿……

我的心脏那么剧烈地跳起来。我瘫在草地上，听着车轮的滚动声逐渐远去，向大海那边远去。我不敢站起来，也不敢走，甚至不敢动一下；因为如果那辆车返回来，如果它追我，我会吓死的。

我过了很久，过了很久很久才恢复平静。走剩下的那段路时，我心里恐慌极了，一点点响声都会让我喘不过气来。

您说，这是不是很愚蠢？但那情景实在太吓人了！

过后，我一思索，明白了：是一个孩子，赤着脚，想必是扶着那辆车往前走；而我，我却寻找一个普通高度的人的脑袋！

这个，您明白了吧……当人们头脑里已经有了对超自然的一种恐惧……一辆飞跑的独轮车……自个儿……多么恐怖啊！

他稍停片刻，然后接着说：

瞧，先生，我们目睹了一个奇怪而又可怕的场面，那其实是一场霍乱的入侵！

您闻得到这车厢里有一股石炭酸味，那是因为某个地方正有霍乱流行。

这时候应该去土伦①看看。去吧，已经能感觉到它，它就在那儿。不过那让人疯狂的不是对一种普通的病的恐惧。霍乱，那是另一回事，那是一种"不可见"的东

---

① 土伦：法国南部濒临地中海的重要港口城市。一八八四年六月二十日土伦首现霍乱病，莫泊桑曾在报纸专栏文章中予以报道。

西，那是从前、过去时代的祸害，一个作恶多端的精灵。这幽灵再现，既让我们惊讶，又让我们恐惧，因为似乎它属于已经消失的时代。

医生们大谈病菌我觉得十分可笑。让人害怕以至跳窗自杀的不是那些小虫子，而是霍乱，来自东方深处的无法表达的可怕存在。

请去土伦转转，人们正在大街上狂舞。

为什么在这些死亡的日子里，人们还要跳舞？人们在城市周围的乡村放烟火；人们点燃欢乐的火花；在所有的公共散步休闲场所，乐队都在演奏欢乐的乐曲。

这是因为它在那儿，人们在向它挑战，不是向病菌，而是向霍乱，人们希望在一个窥伺着你的隐蔽敌人面前表现得无所畏惧。正是为了它，人们跳舞，人们欢笑，人们呐喊，人们燃放烟火，人们演奏华尔兹，为了它，这杀人的精灵。人们感觉到它无处不在，虽然不可见，但是咄咄逼人，就像野蛮时代的祭司们驱赶的那些古老的恶的精灵一样……

爱抚[*]

* 本篇首次发表于一八八三年八月十四日的《吉尔·布拉斯报》，作者署名"莫弗里涅斯"；一九〇九年首次收入路易·科纳尔出版社出版的莫泊桑全集《小洛克》卷。

不，我的朋友，再也别想这种事了。您要求我的事让我生气，令我反感。就好像天主——因为我，我是信天主的——就好像天主要通过掺进某种丑恶的东西，败坏他所做的全部好事。他给了我们爱，世上最美好的东西，但是又觉得这东西对我们来说太美了、太纯洁了，于是想象出肉欲，卑鄙、肮脏、令人反感、粗野的肉欲，像要嘲弄人一样，经过加工，掺到人体的污秽里。他把它设计得让我们一想到它就脸红，一说起它就得压低嗓门。肉欲的丑恶行为总包裹在羞耻里。它躲躲藏藏，因为它会让人心气愤，让眼睛受伤。它受道德谴责，被法律追究，所以只能在暗中进行，就好像它是罪犯一样。

永远别跟我说这个，永远！

我不知道我是不是爱您，但是我知道在您身旁感到

快乐，您的目光对我来说是温柔的，您的声音能慰藉我的心。如果哪一天您利用我的软弱，获得了您想要的东西，您对我来说也就变成可恶的了，把我们连在一起的精美的链条就会破裂，我们之间就会有一道耻辱的鸿沟。

让我们依旧像现在这样吧。所以……如果您愿意，就请爱我吧，这我是允许的。

您的朋友
热纳维耶芙

夫人，您是否允许我像对一个发下终生誓愿要出家的朋友说话一样，也爽直地谈谈爱情，而不因为对您多情而回避？

我也不知道我是不是爱您。我也许只有做了那件会让您生气的事以后才真的知道。

您忘了缪塞①的诗句：

> 我还记得这些厉害的抽搐，
>
> 这些无声的吻，火热的肌肤。
>
> 这精疲力竭的人，脸苍白，咬紧牙。
>
> 这些时刻若不神圣，那就太可怕。

恐惧和无法抑制的反感，我们血气方刚时，由于一时冲动而贸然交媾以后，也曾有过这些感觉。但是，当一个女人是您选择的，对您有持久的魅力、无限的诱惑力，就像您对我来说这样，爱抚就变成最温暖、最完全、最无限的幸福了。

爱抚，夫人，是爱情的试金石。当我们的热情在拥抱过后就熄灭，这说明我们弄错了。而当它有增无已，

---

① 缪塞：全名阿尔弗雷德·德·缪塞（1810—1887），法国浪漫主义诗人和戏剧家、小说家。著有《四夜组诗》、小说《一个世纪儿的忏悔》、剧本《洛朗查齐奥》等。以下诗句引自他的诗剧《杯与嘴唇》第四幕。

那就说明我们爱你们。

一个完全不主张这些理论的哲学家①让我们警惕自然的这个陷阱。他说,自然需要增加人口,为了迫使我们创造生灵,它在陷阱旁边放置了爱情和肉欲这双重的诱饵。他还补充说:一旦我们上了钩,一旦瞬间的疯狂过去,我们立刻就会感到无限的忧伤,因为我们明白了欺骗我们的诡计,我们看到、感到、触到了把我们推向陷阱的这个被隐蔽起来的秘密的理由。

他说的情况经常是真的,很经常。所以我们重新站起来的时候会充满厌恶。自然战胜了我们,随心所欲地把我们投进张开的臂膀,因为它要臂膀张开。

是的,我知道在陌生嘴唇上的冷漠而又狂暴的吻,没见过而且再也见不到的眼睛的火辣的凝视,以及所有那些我不能说的东西,所有那些在我们心灵里留下酸楚的忧伤的东西。

但是,当那被称作爱的感情的彩云包围了两个生

---

① 暗指德国哲学家、非理性主义哲学创始人阿图尔·叔本华(1788—1860)。莫泊桑在不止一篇小说中提到叔本华对妇女的轻蔑。

灵，他们久久地互相思念，即使相隔千里记忆也始终活跃着，夜以继日地把音容笑貌传递给心灵；即使人不在眼前，它们也被那可视的形象萦绕着、占据着，那么，臂膀终于张开，嘴唇吻合，身体交配，这不是十分自然的事吗？

您就从来没有过接吻的欲望？请告诉我，嘴唇难道就不会召唤嘴唇，目光在血管里流淌，难道就不会激起不可抗拒的热潮？

当然啰，陷阱，卑鄙的陷阱就在那里，谁说不是呢？但那也没有关系，我知道，但我还是要往里跳，因为我爱它！为了迫使我们永远不断地世代繁衍，自然给了我们爱抚，用来掩饰它的诡计。那么，如果您愿意的话，就让我们把它的爱抚偷来，变成我们的，把它变得优雅，改变它，使它理想化。轮到我们来欺骗自然这个骗子了。让我们做得比它还要好，比它能够和敢于教给我们的还要好。但愿爱抚就像从泥土里出来的一种粗糙的宝贵物质，让我们把它拿来，进行加工和完善，而不考虑您所称的那个天主的最初企图和隐蔽的意愿。既然思想可以让一切都富有诗意，我们就让爱抚也富有诗意吧,夫人,直到它的最粗野的动作、最不洁的手法,直到它的最畸形的发明。

让我们喜爱美味的爱抚吧,就像喜爱醉人的葡萄酒,就像喜爱满口生香的成熟的果实,就像喜爱所有让我们的身体感到幸福的东西。让我们喜爱肉体吧,因为它美,因为它白皙而又结实,丰满而又温柔,在嘴唇下和手下是那么甜蜜。

艺术应该沉醉于美酒,当艺术家们为这酒杯寻找最难得最完美的形状时,他们选择了乳房的曲线,因为乳房的花的形状就像玫瑰花。

关于女人的乳房,我在一本名为《医学科学辞典》的知识渊博的书里读到这样一个定义,颇像是约瑟夫·普吕多姆①先生化身为医学博士想象出来的:

"女人身上的乳房可被视为一种既实用同时又可供享乐的东西。"

如果您同意的话,让我们删去"实用"二字,而只

---

① 约瑟夫·普吕多姆:法国漫画家、插图画家和剧作家昂利·莫尼埃(1799—1877)创造的一个典型人物,他平庸而自负,好用教训人的口吻说些蠢话。

保留"可供享乐"。如果这东西只能用来给孩子们喂奶，还会有这种让人忍不住要抚摸它的可爱的形状吗？

是的，夫人，让道学家们向我们宣说廉耻心、医生们提醒我们要小心吧；让自欺欺人的诗人们讴歌心灵的贞洁结合和非肉体的幸福吧；让丑陋的女人们去遵守她们的义务、理性的男人们去完成他们无益的琐事吧；让教条主义者们专注于他们的教条吧；让教士们忙于他们的训诫吧。而我们，让我们喜爱令人陶醉、疯狂、神经质、精疲力竭、精神焕发的爱抚，喜爱比香水还温柔、比微风还轻盈、比伤口还敏感、迅速又贪婪、让人吱哇喊叫、让人犯下各种罪行也让人做出各种勇敢行为的爱抚吧！

让我们喜爱它，不是那种平静、正常、合法的爱抚，而是猛烈、狂热、无节制的爱抚！就像寻找金子和钻石一样，让我们去寻找它，因为它更有价值，它不可估价而又过后即逝！让我们不停地追寻它，让我们为它并且因它而死。

如果您愿意的话，夫人，让我对您说一个我相信您在任何书本里都找不到的真相：在这个地球上，只有什么爱抚都不缺少的女人才是幸福的女人。这些女人，她们生活中没有忧虑，没有折磨人的牵挂，除了对像上一个吻一样美味和令人安心的下一个吻的欲望，没有别的欲望。

另外的女人，那些只能得到有限、不完全的爱抚，甚至罕少得到爱抚的女人，却在生活中备受沉重忧虑的折磨、渴望金钱和虚荣的折磨、会变成烦恼的各种事情的折磨。

但是爱抚得到满足的女人什么也不需要，什么也不企求，什么也不遗憾。她们含着微笑静静地梦想，有些事情会使另外的女人如蒙大难，却奈何她们不得，因为爱抚可以代替一切，治愈一切，慰藉一切！

我本来还有那么多的话要说!……

            昂利

  这两份写在稻草纸上的信,是昨天,星期日,做过一点钟的弥撒以后,莫弗里涅斯在玛德莱娜大教堂①一个跪凳下面发现的俄国小皮夹里找到的。

---

① 玛德莱娜大教堂:巴黎著名的天主教堂之一,位于第八区玛德莱娜广场。

一个疯子吗? *

* 本篇首次发表于一八八四年九月一日出版的《费加罗报》；一九〇九年首次收入路易·科纳尔出版社出版的莫泊桑全集《奥尔拉》卷。

当有人对我说:"您知道吧,雅克·帕朗得了精神错乱,在一家精神病院里死了。"我痛苦得打了个哆嗦,一阵恐惧和难过的寒战传遍我全身;我突然又看到他,这个奇特的大个儿单身汉,他也许早就疯了,早就是一个令人不安甚至有些可怕的狂躁症患者。

他四十岁,高高的个子,身体干瘪,微微驼背,眼神恍惚;那双黑黑的眼睛,黑得让人分不出瞳孔,很灵活,转来转去,有些病态,神秘兮兮。多么特别、多么令人心神不宁的人啊! 他给周围的人带来一种不舒服的感觉,说不清的精神上和肉体上都挺不舒服的感觉,让人以为受到超自然影响的莫名其妙的紧张。

他有一个让人看不惯的怪癖:总把手藏起来。他从来不活动他的手,从来不像我们大家常做的那样,用手在东西上、桌子上摸来摸去。他也从来不用我们习惯的动作，用手去移动东西。他从来不把瘦骨嶙峋、细长、有点躁动的手露在外面。

他总是把手深深地揣在衣兜里或者裤兜里，或者叉起胳膊把手塞到腋窝下，好像他担心如果让手自由，让手成为自己运动的主人，它们会不受他的控制，做出什么被禁止的事，做出什么可耻或者可笑的行为。

当他不得不用手做生活中常要做的事情时，他会突然行动，把胳膊迅速一伸，仿佛他不愿让胳膊有时间去自己动作，不让它们有时间拒绝他的意志、去干别的事。在饭桌上，他拿酒杯、叉子、刀子的时候是那么迅速，人们根本没有时间在他完成动作之前预知他要做什么。

然而，一天晚上，关于他心灵上的令人惊奇的病，我有了解释。

他隔一段时间就到乡下来，在我家住几天。那天晚上，我发现他特别焦躁不安！

一个酷热难当的白昼之后，此刻天空沉闷而又昏暗，在酝酿着一场风暴。没有一丝风吹动树叶；一股像炉灶里冒出的热蒸汽扑面而过，让人呼吸艰难。我感到不舒服，心情烦

躁，想去上床睡觉。

雅克·帕朗见我站起来要走，惊慌地抓住我的胳膊，说：

"啊！别走，再待一会儿。"

我诧异地看了看他，小声说：

"暴风雨要来了，我有些紧张。"

他呻吟着，或者不如说叫嚷着说：

"那我怎么办！啊！留下来，我求求你啦；我不愿意一个人待着。"

他那样子就像发疯了一样。

我问：

"你怎么啦？你失去理智了吗？"

"是的，偶尔会这样，碰到这种雷电交加的夜晚……我……我……我会害怕……我怕我自己……你不明白我的意思吗？因为我有一种能力……不，一种强大的力量……不，一种超强的力量……总之，我不知道该怎么说，就是我身上有一种磁气在活动，它非常奇怪，让我恐惧，是的，我怕我自己，我刚才跟你说了！"

他惊恐地哆嗦着，剧烈抖动的手始终藏在短上衣里面。而我呢，也突然感到说不清的剧烈而又可怕的惶恐，浑身战栗。我很想走，逃走，不再看到他。我不愿再看到他的目光，那目光从我身上扫过，接着便溜走，围着天花板转，似乎要在房间里寻找一个阴暗的角落，把他彷徨的目光固定下来。看来他也想隐藏他可怕的目光。

我嘀咕道：

"你从来没有跟我说过这个情况呀！"

他接着说：

"难道我跟任何一个人说过吗？喏，你听好，今天晚上我不能再沉默了。我要把一切都告诉你；再说，你知道了，也许可以救我。

"磁气！你知道这是什么吗？不。谁也不知道。然而人们却能观察到它。人们承认它的存在，连医生也用它治病，赫赫有名的沙尔克①医生也倡导它；所以，毫无疑问，它存在。

"一个人具有一种可怕而又不可理解的能力，通过他的意志的力量让另一个人入眠，而且在这个人酣睡的时候，像偷钱包一样偷走他的思想。他偷走这个人的思想，也就是偷走这个人的灵魂。灵魂，这个圣殿，这个'我'的秘密；灵魂，这个人们以前认为无法进入的人心深处；灵魂，这个人们不愿公开的思想，一切人们要隐藏的东西、一切人们心爱的东西、希望有朝一日向所有人倾吐的东西的隐

---

① 沙尔克：全名让－马丹·沙尔克（1826—1893），法国医生，在神经病理学方面的研究闻名世界。

蔽所；他打开这人的灵魂，侵犯它、披露它、把它公之于众！这岂不是残酷、罪恶、卑鄙吗？

"为什么会这样呢？怎么会这样呢？谁知道？人们又能知道什么呢？

"一切都是秘密。我们和事物只是通过可怜的感官进行交流，而我们的感官是不完全和残缺的，它们的能力是那么微弱，只能勉强认知我们周围的东西。一切都是秘密。请你想象一下音乐，这颠倒众生的灵魂、让人震撼、令人陶醉、令人疯狂的神圣的艺术，这音乐究竟是什么？什么也不是。

"你还不明白我的意思吗？那就请听下去。两个物体相撞，空气发生震荡。这些震荡或多或少、或快或慢、或强或弱，因冲突的性质而异。我们的耳朵里有一块很小的膜接收这些空气的震荡，再以声音的形式把它转送到大脑。请你设想一下，一杯水在你嘴里变成了葡萄酒。耳膜能完成这令人难以置信的转化，把运动转变成声音，这真是出神入化的奇迹。就是这么回事。

"音乐，这复杂和神秘的艺术，像代数一样准确，像梦一样模糊，而这由数学和微风合成的艺术却只是来自一块小小的皮的奇特的性能。如果这块皮不存在，声音也就不会存在，既然它本身只是一种震荡。如果没有耳朵，人能猜出声音吗？不能。正是这样！我们周围有很多事物，我们根本猜想不到它们的存在，因为我们缺少揭示它们的器官。

"磁气也许就属于这样一种器官。我们只能感受这强大的力量，只能战战兢兢地尝试着接近这精灵，隐约窥知这大自然的新的秘密，因为我们身上没有揭示它的工具。

"至于我……至于我，我天生就有一种可怕的强大力量。就好像有另外一个人被封闭在我的身体里，他总在不断地试图逃脱，不顾我的反对，胡作非为，蚕食我，弄得我精疲力竭。他是谁？我不知道，但是我们两个同时存在于我的可怜的躯体里，而且他，另一个存在，力量之强大经常压倒我，今天晚上就是这样。

"我只要看着人，就能让他们麻木，就好像我向他们灌了鸦片。我只要伸出手，就能发生一些……可怕的事。你知道吗？是呀，你知道吗？我的力量不仅能作用于人，也扩展到动物，甚至……物体……

"这让我痛苦，让我恐惧。我经常想挖掉自己的眼睛，剁掉自己的手腕。

"不过我这就……我要让你了解这一切。瞧，我这就展示给你看……不是在人类身上，那到处都可以做，而是在……动物身上。

"请你把米尔萨叫来。"

他带着进入幻觉的人的神情，大步走着，抽出一直藏在上衣胸口里的手。那两只手真可怕，就像两把出鞘的利剑。

我被他征服了，机械地服从着他的指挥，吓得颤抖，而又情不自禁地希望看看究竟是怎么回事。我打开门，吹了一声口哨，召唤我那躺在过厅里的狗。我很快就听到它的爪子爬上楼梯的急促的声音，它兴高采烈地出现了，摇晃着尾巴。

接着，我便示意它在一把扶手椅上趴下；它跳了上去。雅克开始一边看它，一边抚摸它。

起初，米尔萨似乎很不安；它颤抖着，转动着头，回避着雅克盯着它的目光，越来越恐惧地躁动着。忽然，它开始发抖了，跟别的狗发抖没什么两样。它的整个身体抽动着，被一阵阵长时间的战栗剧烈地晃动着；它想要逃跑。但是雅克把手摁在这动物的脑袋上，它在这触摸下发出一声长长的嚎叫，就是人们夜间在田野上常听见的那种嚎叫。

我也感到浑身麻木，晕头转向，就像坐在船上一样。我似乎看见家具在倾倒，墙壁在动摇。我低声说："够了，雅克，够了。"但是他不再听我的，仍然用可怕的目光看着米尔萨。米尔萨现在已经闭起眼睛，垂下脑袋，就像人们入睡时那样。雅克转过身对我说：

"好了。不过你现在再留神看。"

他把自己的手绢扔到房子的另一头，对米尔萨喊了声："叼来！"

那畜生于是爬起来，一瘸一拐，踉踉跄跄，仿佛眼睛瞎了，像瘫痪的人挪动腿一样挪动着爪子，朝墙边那块白斑似的手绢走去。它试了好几次，想用嘴把它叼起来，可总像它看不见似的咬到旁边的地方。它终于咬住了它，像梦游一样摇摇晃晃地走回来。

这真是一件看了让人惊心动魄的事。雅克命令："趴下。"米尔萨就趴下。接着，雅克一边摸着狗的脑袋，一边说："有一只野兔，冲，冲。"那条狗依然侧卧着，欲跑又止，像做梦似的动换着，闭着嘴发着腹语般的低吠。

雅克好像气疯了，汗珠从他的额头流下，他大喊："咬他，咬你的主人。"米尔萨猛地跳了两三步。看上去它在抵抗，又在斗争。雅克又说了一遍："咬他。"我的狗终于站起来，朝我走过来。我向墙边退去，吓得发抖，抬起脚要踢它，把它赶开。

但是这时雅克命令道："回来，快。"它便转身向他走去。雅克用他的两只大手摩擦起它的头来，就好像在给它解开看不见的链条。

米尔萨的眼睛又睁开了。雅克说："完了。"

我不敢碰米尔萨，我打开门让它出去。它慢吞吞地走了，哆嗦着，疲倦至极。我又听见它的爪子敲打楼梯的声响。

然而雅克回到我身边，说："这还不是全部。最让我害怕的是这个，你瞧，连东西也服从我。"

我的桌子上有一把短刀，是用来裁书页的。他把手伸向那把刀。那把刀就像爬行一样，缓缓地向他挪近；

忽地，我看见，是的，我看见，那把刀自己抖动起来；接着，它移动了几下，然后自个儿在木桌上慢慢滑向停在那里等着它的手，最后停在他的手指下面。

我惊恐得叫喊起来。我以为自己也疯了。不过雅克的尖锐的声音让我戛然平静！

雅克说：

"无论什么东西都会接连向我走来。全都是因为我藏起的这双手。是什么在起作用呢？磁气，电，吸力？我不知道，但这非常可怕。

"你明白为什么非常可怕吗？每当我独自一个人的时候，我立刻就会禁不住地把周围的东西都吸引到我身边来。

"我整日整日地把时间都用在变换东西的位置，不知疲倦地尝试那可憎的能力，也为了看看那个存在是不是离开了我。"

他已经把两只大手藏进衣兜，眼睛望着黑夜。一阵微微的响声，一片瑟瑟的轻颤，似乎在丛林间掠过。

是雨开始下起来。

我低声说："真可怕！"

他重复道:"是恐怖。"

一片嘈杂声像一阵风从树叶间飞驰而过。这是骤雨,浓密的大雨倾盆而下。

雅克高高地挺起胸膛,开始大口大口地呼吸起来。

"你走吧,"他说,"雨会让我平静下来的。我现在希望一个人待着。"

坟墓 *

* 本篇首次发表于一八八四年七月二十九日的《吉尔·布拉斯报》,作者署名"莫弗里涅斯";一九〇八年首次收入路易·科纳尔出版社出版的莫泊桑全集《山鹬的故事》卷。

一八八三年七月十七日凌晨两点半，住在坟场尽头一所小房子里的贝济埃①市公墓看守人被他关在厨房里的狗的狂吠声惊醒。

他马上走下楼，只见那条狗一边狂叫一边嗅着门底下，就好像有个流浪汉正在房子周围转悠似的。看守人万桑于是警觉地拿起他的枪，走出去。

他那条狗向波奈将军小路跑去，在托姆瓦索夫人纪念碑附近戛然停下。

看守人小心翼翼地向那边走去，不久，就看到玛朗维尔小路旁有一个微弱的亮光。他从坟墓之间溜过去，目睹了一

---

① 贝济埃：法国市镇，在奥克语方言区的埃罗省，法国最古老的城市之一，今属奥克西塔尼大区。

桩可怕的亵渎行为。

一个人已经把前一天刚下葬的一个年轻女人的尸体刨出来，正在往坟墓外面拖。

一盏光线暗淡的小提灯放在一堆泥土上，照着这个丑恶的场面。

看守人万桑向这个坏蛋猛扑过去，把他摔倒在地，捆住他的两手，押送到警察分局。

这个人是本城的一个年轻律师，很有钱，颇受人们敬重，名叫库尔巴塔依。

他受到审判。检察官拿他和贝尔特朗中士[①]的极其残忍的行为相比，引起旁听席群情激愤。

---

① 贝尔特朗中士：弗朗索瓦·贝尔特朗（1823—1878），法军中士，绰号"恋尸中士"或"蒙帕尔纳斯的吸血鬼"，曾在多个公墓，主要是巴黎蒙帕尔纳斯公墓，掘出并玷污尸体，主要是女性尸体。

人们义愤填膺。检察官刚落座，就爆发出此起彼伏的喊声："判他死刑！判他死刑！"庭长好不容易才恢复了安静。

然后，庭长语调严肃地问：

"被告，您有什么为自己辩护的话要说？"

库尔巴塔依不想请律师。他站起来。这是一个很帅的小伙子，高高的个子，褐色的头发，一脸诚恳，相貌刚毅，目光坚定。

听众里发出一片嘘声。

他并不慌乱，开始说话，声音委婉，起初有点低，逐渐变得铿锵有力：

庭长先生，

各位陪审员先生：

我要说的话很少。我破坏了她的坟墓的那个女人是我的情人。我爱她。

我爱她，绝不是肉欲的爱，也不是单纯的内心和灵魂的温情，而是一种绝对的、完全的爱，一种狂热的激情。

请听我细说：

我第一次遇到她，看着她，就有一种奇特的感觉。不是惊讶，也不是欣赏，更不是人们所说的一见倾心，而是一种微妙的舒适感，好像有人把我浸泡在温暖的洗澡水里。她的动作让我着迷，她的声音令我心醉，她的整个人看着都让我感到无限的愉悦。就好像我早就认识她，早已见过她。她身上有某种我精神上理想的东西。

她的出现，在我看来，就好像对我的灵魂发出的呼唤的回答，对我们一生都在向"希望"发出的隐约和持续的呼唤的回答。

当我对她有了更多的了解，只要想到能再看到她，我就感到无比幸福，心荡神摇；我的手握住她的手，对我来说是一种从未想象过的甜美，她的微笑往我的眼里倾入疯狂的喜悦，让我萌生出奔跑、舞蹈和在地上打滚的愿望。

就这样她成为我的情人。

岂止是情人，她就是我的生命。我在世上再也无所期待，无所希望，再也一无所求。

然而，一个晚上，我们在河边散步走得远了一点，忽然下起雨来。她着了凉。

第二天，她突发肺炎，一个星期以后，她死了。

她临终的时候，我震惊、惶恐，连好好思考和理解的能力都没有了。

她死了以后，极度的绝望让我失去了理智，我的头脑一片空白。我只会哭泣。

在下葬的整个可怕的过程中，我饱受尖锐剧烈的痛苦的折磨，那是一种令人疯狂的痛苦，既是感官的也是肉体的痛苦。

而当她走了以后，她入土以后，我的精神突然变得清醒了，我经历了一连串极其可怕的精神痛苦，即使她以往给了我那么多爱，付出这代价也是昂贵的。

于是一个固执的想法深入我的脑海：

我再也看不见她了。

一整天都想着这件事，就会精神错乱！请想想！

一个您深心喜爱的人在那儿，一个绝无仅有的人，因为在这广阔的大地上没有第二个和她相像。这个人委身于您，她和您创造出人们称为"爱"的神秘结合。她的眼睛，她的满含柔情向您微笑的明亮的眼睛，在您看来比空间还要宽广，比世界还要美好。这个人爱您。当她对您说话时，她的声音向您注入滔滔不绝的幸福。

可是她一下子消失了！请想想！她不仅对您来说消失了，而是永远消失。她死了。您明白这个词吗？这个人永远，永远，永远，无论在哪里，都不再存在。那双眼睛再也不会看什么东西了。那个嗓音，世上所有人的嗓音中再也不会有一个这样的嗓音，能以同样的方式说出她的嗓音说出的话了。

再也没有一张脸生得像她的脸。再也没有！再也没有！人们保留着各种塑像的模子，保存着各种模槽，可以再造出同样形状同样颜色的物品，但这个身体和这张脸，再也不会重现在世上。尽管还会产生成千上万的造物，几百万、数十亿以及更多的造物，但在所有未来的女人中，再也不会找到她。怎么会这样呢？想到这里，我简直要发疯。

她活了二十年，只活了二十年，她却永远消失，永远，永远！

她思想，她微笑，她爱我。全没了！在造物中，我们和秋天死的苍蝇没有两样。全没了！我想，她的身体，她的鲜嫩、温馨、柔软、白皙的身体，在泥土下的一个匣子深处腐烂，化为乌有。那么，她的灵魂，她的思想，又在哪里？

再也看不见她！再也看不见她！她的正在变质的身体，也许我还能认得出来，这念头萦绕着我。我要再看她一眼！

于是我带着一把锹、一个提灯、一个锤子，动身了。我翻过公墓的围墙。我找到她还没有填好的坟坑。

我把棺材挖出来，揭开一块木板。一股恶臭的气味，腐尸令人作呕的气味，直蹿到我的脸上。噢！她的散发着鸢尾花香的床！

不过，我还是打开了棺材。我把点亮的提灯探进去。我看见她了。她的脸铁青，肿胀，可怕！一股黑色的液体从她嘴里流出。

她！这是她！我害怕极了。可是我还是伸长胳膊，

捧住她的头发，把这怪物般的脸向我拉过来。

就在这时我被抓住了。

就像缠绵相拥以后保留着女人的芳香一样，我整夜都保留着那具腐尸的令人厌恶的气味，我的心爱的女人的气味！

你们愿怎么处置就怎么处置我吧。

一片出奇的寂静沉沉地笼罩着审判庭。人们似乎还在等待着什么。陪审团退下去讨论。

几分钟以后，陪审员们回来了。被告好像无所畏惧，甚至没有在想有什么后果。

庭长以惯用的判决词宣布，审判官们判他无罪。

他没有任何表示，公众鼓掌欢迎。

供圣水的人 *

* 本篇首次发表于一八七七年十一月十日的《马赛克》周刊，作者署名"吉·德·瓦尔蒙"；一九〇八年首次收入路易·科纳尔出版社出版的莫泊桑全集《羊脂球》卷。

他从前住在一个村庄的入口，大路边的一所小房子里。娶了本地一个农庄主的女儿以后，他自立门户成了大车匠。两口子辛勤劳动，积攒下一笔小小的财产。不过他们没有孩子，这让他们非常苦恼。他们终于盼来了一个儿子，给他起名叫让。他们争着抚弄他，对他疼爱备至，简直到了一个钟头不见就受不了的地步。

让五岁那年，一帮跑江湖搞杂耍的人路过

此地，在村政府前的广场上搭棚卖艺。

让看到了这帮人，就溜出家门；父亲找了好久，才在几只会识字的山羊和会耍把戏的狗中间，看见他坐在一个上了年纪的小丑腿上，正放声大笑哩。

三天以后，吃晚饭的时候，该上桌了，大车匠和他的妻子发现儿子不在屋里。他们在园子里找，没找到，于是父亲就到大路边，使出全身的力气叫喊："让！"——夜晚来临，天边布满褐色的雾霭，景物都退入阴暗可怕的远方。离他很近的三棵大枞树仿佛在哭泣。没有人回答他，但空气中似乎传来隐隐约约的呻吟声。父亲听了好久，总像是听见了什么，有时在左边，有时在右边；他已经头脑发昏，一面不停地叫喊着："是让吗？是让吗？"一面向黑夜深处奔去。

他就这样一直跑到天亮，夜色中回响着他的喊声，游荡的野兽也被他吓跑。他焦虑已极，有时甚至觉得自己疯了。他妻子坐在家门口的石阶上，一直哭到早晨。

他们没找到儿子。

在无法抚平的悲伤中，他们迅速衰老。

最后，他们卖掉房子，动身去亲自寻找。

他们向山坡上的牧羊人、过路的商人、乡村的农民和市镇当局打听。但他们的儿子已经失踪很久，没有人知道一点线索；儿子本人大概也已经忘记自己的名字和家乡的名字了。他们只有痛哭，再也不抱希望。

很快，钱花光了，他们就去农庄和客栈打短工，干最低贱的活儿，吃人家的残羹剩饭，睡在地上，忍受着严寒。更惨的是，由于过度劳累，他们的身体已经变得很虚弱，再也没有人找他们干活了，他们不得不在大路边乞讨。他们带着凄苦的表情，用恳求的语调，上前和过路人搭话；在田野里，他们向午间在树下吃饭的收割庄稼的人乞求一块面包，然后坐在沟边一声不吭地吃。

一天，他们向一位客栈老板倾诉自己的不幸，这客栈老板对他们说：

"我也认识一个丢失女儿的人，他后来在巴黎找到了。"

他们马上动身去巴黎。

他们走进这座大城市，见它那么大，来来往往的人那么多，简直惊呆了。

他们相信儿子一定就在这人海中，不过他们不知道怎样去找。再说，他们还担心认不出他了，因为他们已经十五年没见过他。

他们走遍所有的广场、所有的街道,在所有人群聚集的地方流连,希望天意能够安排一次巧遇,碰上什么奇迹般的好运,或者命运发一次善心。

他们经常盲目地往前走,互相搀扶着,样子那么悲惨,那么可怜,即使他们并没有乞讨,也会有人向他们施舍。

他们每个星期日都整天守候在教堂门口,观察进进出出的人群,在一张张脸上寻找一星半点和遥远记忆中的儿子相像的地方。有好几次他们以为认出了他,可是每次都认错了。

在他们最经常去的那座教堂的门口,有个供圣水的老人,成了他们的朋友。这老人也是历经劫难,他们很同情他,就这样,

彼此间产生了深厚的友谊。后来他们三人索性一起住进一座大房子顶层的一间陋室,那住处偏远,已经靠近田野。有时,老人病了,大车匠就代替这位新朋友去教堂供圣水。冬天来了,这年冬天特别寒冷。捧圣水盆的孤苦老人死了,教区的本堂神父得知大车匠的种种不幸,就指定他来接替。

从此,他每天一清早就来,坐在同一个地方,同一张椅子上,脊背频繁地磨蹭着他倚着的那根古老的石柱,把石头都磨出痕迹来了。他目不转睛地打量每一个进来的男人。他像一个初中生一样焦急地盼望着星期日,因为那一天教堂里总是川流不息地挤满了人。

他变得很苍老,教堂穹顶下的潮气损坏着他的身体,他的希望也在一天天磨灭。

他已经认识所有来礼拜的人,知道他

们的钟点、他们的习惯，能分辨出他们走在石板地上的脚步声。

他的存在变得那么狭窄，一个陌生人走进教堂对他来说都成了一桩大事。有一天来了两个妇人，一个年老的，一个年轻的，大概是母女俩，她们身后跟着一个男子。出去时，他向他们行礼，递过圣水以后，他又去搀扶那个老妇人。

"那男子想必是姑娘的未婚夫吧。"大车匠想。

他一直到晚上都在苦苦寻思：从前可能在哪儿见过一个人长得像这个男子。不过他回忆起的那个人如今也该是老人了，因为自己好像是在家乡那边认识他的，那时自己还年轻。

这男子从此经常陪两个妇人来教堂。那隐隐约约的相像，既遥远又熟悉，可就是记不清了，这让供圣水的老人伤透了脑筋。他把妻子叫来，帮记忆力衰退的他一起回忆。

一天傍晚，快天黑的时候，那三个外地人又一起进来。等他们走过去，丈夫问：

"喂！你认出是他吗？"

妻子心情紧张，也在努力回忆。突然，她小声地说：

"是……是……只不过他头发比较黑，个子比较高，身子比较壮，而且穿得像个绅士。但是，他爸，你看见了吗，他的相貌跟你年轻的时候一样。"

老人兴奋得跳了起来。

真的,这年轻人像他,而且也像他死去的弟弟,像他小时候见过的父亲。他们激动得说不出话来。那三个人从大堂下来,要出去。就在那年轻人把手伸进圣水盆的时候,老人的手剧烈地颤抖起来,圣水像雨点般洒了一地。他喊了一声:"是让吗?"

那男子停下来,看着他。

老人又低声喊了一声:

"是让吗?"

两个女人大惑不解地打量着他。

于是他第三次呜咽着说:

"是让吗？"

年轻人低低地俯下身子，端详他的面孔，一道童年记忆的闪光照亮他的心头，他回答：

"皮埃尔爸爸，让娜妈妈！"

他什么都忘了，忘了父亲姓什么，忘了家乡叫什么；但他还记得这两个重复过无数次的称呼：皮埃尔爸爸，让娜妈妈！

他跪下来，依偎着父亲的腿。他哭着，轮番拥吻着父亲和母亲。二老也喜极而泣。

那两个妇女也在哭泣，她们明白发生了一件大喜事。

于是他们全体前往年轻男子的住处。他对他们讲了自己的遭遇。

那帮流浪艺人把他拐走。在头三年里，他跟随他们辗转了很多地方。后来班子散伙了，有一天，在一座古堡里，一位老妇人觉得他很可爱，便出钱把他留下。他很聪明，她送他上了小学，又上了中学。老妇人没有孩子，把家产传给了他。他也寻找过自己的父母，但他只记得两个名字——"皮埃尔爸爸，让娜妈妈"，所以始终没能找到。现在，他就要成婚了。他把未婚妻介绍给自己的父母，那姑娘又美丽又善良。

两位老人也讲述了他们的痛苦和磨难,然后又再一次拥吻他。那天晚上他们很晚还不敢睡,生怕失去了那么久的幸福在他们睡梦中又离开他们。

但是顽固的厄运再也没有力量和他们纠缠,他们一直到死都活得很幸福。